诗人
散文
丛书

傅天琳◎著

天琳风景

河北出版传媒集团

花山文艺出版社

河北·石家庄

图书在版编目（CIP）数据

天琳风景 / 傅天琳著. 一石家庄：花山文艺出版社，2021.3
（"诗人散文"丛书）
ISBN 978-7-5511-5434-5

Ⅰ.①天… Ⅱ.①傅… Ⅲ.①散文集－中国－当代 Ⅳ.①I267

中国版本图书馆CIP数据核字（2020）第247044号

策　　划：曹征平　郝建国

丛 书 名："诗人散文"丛书
主　　编：霍俊明　郁　葱　商　震
书　　名：**天琳风景**
　　　　　Tianlin Fengjing
著　　者：傅天琳

责任编辑：师　佳
责任校对：李　伟
装帧设计：王爱芹
美术编辑：胡彤亮
出版发行：花山文艺出版社（邮政编码：050061）
　　　　　（河北省石家庄市友谊北大街330号）
销售热线：0311-88643221
传　　真：0311-88643234
印　　刷：河北亿源印刷有限公司
经　　销：新华书店
开　　本：880mm×1230mm　1 / 32
印　　张：8
字　　数：150千字
版　　次：2021年3月第1版
　　　　　2021年3月第1次印刷
书　　号：ISBN 978-7-5511-5434-5
定　　价：52.00元

第二季总序

◎霍俊明

　　花山文艺出版社在2020年1月推出《"诗人散文"丛书》（第一季），收入翟永明《水之诗开放在灵魂中》、王家新《1941年夏天的火星》、大解《住在星空下》、商震《一瞥两汉》、张执浩《一只蚂蚁出门了》、雷平阳《宋朝的病》以及霍俊明的《诗人生活》，共计七种。《"诗人散文"丛书》（第一季）推出后，立刻引发诗歌和散文界的高度关注并成为现象级的出版个例。

　　庚子年是改变世界的一年，我在和一些诗人以及作家朋友的交谈中注意到，很多人的文学观甚至世界观正在发生调整和变化。在写作越来越强调个人而成为无差别碎片的写作情势下，写作者的精神能力、写作经验以及文体观念都受到了一定的忽视或遮蔽。由此，"诗人散文"正是应对这一写作难题的绝好策略或路径之一。

　　此次《"诗人散文"丛书》（第二季）的入选者是国内具有影响力的老中青年三代诗人，包括郁葱《江河记》、傅天琳《天琳风景》、李琦《白菊》、沈苇《书斋与旷野》、路也《飞机拉线》、郎筐《夜莺飞过我们的城市》、王单单《借人间避雨》。

由这些面貌殊异、文质迥别的文本，我们必须强调"诗人散文"并非等同于"诗人"所写的"散文"，而是意味着这近乎是一个崭新的话语方式。这一特殊话语形态的散文凸显的是一个写作者的精神难度和写作能力，它们区别于平庸的日常化趣味，区别于故作高声的伪乌托邦幻梦，同时也区别于虚假的大主题写作和日益流行的媚俗的观光体和景观游记。甚至在一定程度上这些"诗人散文"因为特殊的诗人化的语调、修辞、技艺以及个人化的历史想象力和求真意志的参与而呈现出别样的文本质地和思想光芒。

他们让我们再次回到文体和写作的起点和初心，如果没有持续的效力、创造力以及发现能力，文学将会沦为什么样的不堪面目？

然而吊诡的是我们越来越迫不及待地谈论和评骘此刻世界正在发生的、作家们急急忙忙赶往现实的俗世绘。与此同时，人们也越来越疲倦于谈论文学与现实的复杂关系。由此，我们读到的越来越多的是"确定性文本"，写作者的头脑、感受方式以及文本身段长得如此相像却又往往自以为是。

蹭热度的、媚俗的、装扮的、光滑的、油腻的文本在经济观光带和社会调色板上到处都是。这既是写作者个人的原因，也是整个文学生态和积习使然。一个作家不能成为自我迷恋的巨婴，不能成为写作童年期摇篮的嗜睡症患者。尤为关键的是文学的"重""轻"以及作家的自我定位和现实转化的问题。无论文学是作为一种个人的遣兴或"纯诗"层面的修辞练习，还是作家试图做一个时代的介入者和思想载力的承担者，我始终相信语言能力和思想能力缺一不可。

2017年8月到2018年8月，一年的时间我暂住在北京南城胡同区的琉璃巷。每天上下班我都会经过南柳巷的林海音（1918~2001）故居（晋江会馆旧址），院内的三棵古槐延伸、蔓延到了墙外。偶尔我也会闪现出一个念头，历史和现实几乎是并置在一起的，甚至有时候面对一个事物我们很难区分它到底是历史的还是现实的。而胡同附近就是大栅栏，在翻新的街道以及人流熙攘的商业街上我看到鲁迅当年喝茶、小酌、聊天的青砖小楼青云阁（蔡锷在此结识了小凤仙）。以暂住地为中心，我惊奇地发现在北京生活了十四年之久的鲁迅几乎就在当下和身边——菜市口附近的绍兴会馆、虎坊桥附近的东方饭店、西单教育街1号的民国教育部旧址、赵登禹路8号北京三十五中院内的周氏兄弟旧址……每天在中国作协上下班，我都会与一楼大厅的鲁迅铜像擦肩而过。几十年之后，先生仍手指夹着香烟于烟雾中端详着我们以及当下这个时代。毫无疑问，每一个重要作家都会最终形成独一无二的精神肖像。"多少年来，鲁迅这张脸是一简约的符号、明快的象征，如他大量的警句，格外宜于被观看、被引用、被铭记。这张脸给刻成木刻，做成浮雕，画成漫画、宣传画，或以随便什么简陋的方式翻印了再翻印，出现在随便什么媒介、场合、时代，均属独一无二，都有他那股风神在，经得起变形，经得起看。"（陈丹青：《笑谈大先生》）

鲁迅是时代的守夜人，是黑夜中孤独的思想者，但鲁迅留下的远不止于此。他留下的是一本黑暗传和灵魂史。

我想，这正是先生对后世作家的有力提醒。"诗人散文"，同样如此！与此同时，我也近乎热切地期盼着《"诗人散文"丛书》（第三季）的尽快面世！

2020年11月9日于团结湖

目 录
CONTENTS

上卷 诗歌笔记

诗是什么，诗就是命运。
写诗就是写阅历，写人生。

处女作诞生记

1

这些年被人问得最多的是："你怎么就想起要写诗了呢？第一首诗是什么时候写的呢？"

太久远了，真得想想。那应该是去农场的第二年，春耕大战，农场最高处苹果林，挖土。动员会提出一对一竞赛。有个女生，刚来农场时，是出了名的病恹恹，持续发高烧，一个月内被农场汽车五次送往北碚第九人民医院，住了四次院。每次汽车一走，农场的大坝子都会留下一片叹息："哎，那妹崽，活不过十八岁！"

她一直被照顾，做的都是帮厨一类的轻工作。动员会一结束，这个十六岁的女生想笨鸟先飞，她根本没睡觉，扛着锄头就溜上了山，还叫上在山顶畜牧队的同样年龄的好朋友——"小眼镜"，两个人一起挖土，悄悄地算她一个人的成绩（那性质相当于现在的考场作弊）。

两三点钟，山上又多了零星锄头声，凌晨四五点，已锄声大作，全队人马到齐。大家都是悄悄地去，都不让别人知道自己去得有多早。我至今纳闷儿，那时候的人，为什么连积极都这么低调。

两个人挖了整整一夜，早上8点一丈量，已经挖了三分地。

三分地接近于半个篮球场大，有了三分地垫底，怎么也不会太差了。但她手上已经打了七个血泡，她听见广播里在表扬她，光荣缴获了敌人七门大炮。很快血泡磨破了，血和锄把黏在一起，挖不动了。

场长和队长命令她下山去，写广播稿。

这一天她的成绩依然是三分地，依然是全队倒数第一名。她还是没有当上她渴望的红旗手，但破例获得了红旗手待遇：晚饭奖励马肉一份、凉拌萝卜缨缨一份。

她写的广播稿名字叫《出工》：别吵醒伙伴床边的锄头／别惊动伙伴梦里的春秋／轻轻地，轻轻地推开了门／一脚扑进月夜的怀揽／风轻，星繁／薄雾如纱把花香揉／为打好春耕第一仗／咱心中，哪有休息的时候。

标语、口号、错词、病句，都有。她几乎什么都不懂，但是从那时起她就懂得，土是一锄头一锄头挖出来的，文是一个字一个字写出来的。她没有想到的是，这是她平生写下的第一首诗，从此开始了漫长的诗歌之旅。

我的第一个启蒙老师，是从公安局来的干部，在场部搞宣传，农场文工团自编自演的节目全是他写的，很受重用。我崇拜他，有空就往他那里跑，我在那时唯一读过的梁上泉的《山泉集》和李瑛的《红花满山》都是他借给我的，我学他的样子，也给自己准备了一个练习册，悄悄地写我想写的东西。

不久，同寝室的人对别人说这个人经常躲在蚊帐里写，为什么要躲着写？这里面一定有问题。后来，练习册被收走了，我的启蒙老师也被批评了。

第二天，叫我去守西瓜。守西瓜平时是轻工作，只是在坡上走来走去的，又不挖土又不挑粪，而且是两班轮换，附近又有人劳动，有什么事一喊就有人跑过来。而这一天，守西瓜有点儿惩罚的意味。

三十几亩西瓜种在一片悬崖边，从山上到山下拖得很长，在山上看不到山下，在山下看不到山上，必须在西瓜地来回不断地走。悬崖边的松树林昨天吊死了一个人，又有鼻涕又有口水，舌头伸得好长。今天一个人走在这里，怕得直发毛。

那三天，全队人集中学习，多好哇，在那样强体力劳动中，能够有三天不摸锄头，不挑扁担，穿得干干净净读书看报，真是最大的享受了。

第一天中午有个我喜欢的男生送饭来，我暗暗高兴守西瓜真好，可是第二天他不送了，我对自己说那我就不吃饭了，饿死！我不知道我在和谁赌气。

前两天平安过去了，第三天傍晚时分，山顶突然喧嚷起来，我赶紧从山下气喘吁吁跑上去，哎呀，可不得了！来了几个大男人，拿着箩筐和刀，大张旗鼓来摘西瓜，我不敢喘气不敢喊，我知道离队部太远喊也喊不应，我吓得直发抖。等他们走了之后，我去数，天哪！摘了我八十四个西瓜，从此八十四这个数字，铭心刻骨，记了一辈子。人走了，我放声大哭，有孤立无助的感觉。

以后会怎么样可想而知。不可思议的是，当天晚上写日记，我还有心思来押韵："山猪来了我吆喝／野猫来了我赶它／只有人来了，我害怕……"

几个月后农场一个管事儿的人把练习册还给了我，他说："你写得真好。为什么要躲在蚊帐里写呢？"

我说有蚊子。

不厚不薄一本练习册，写满我十六岁到十八岁的诗。练习册的封面，印着"红梅"两个字，还有几朵红梅花。

2

可是这些丝毫没有影响我的好心情，对于我诗意的青春果园，我是何等痴迷地沉浸于其中。我曾这样写道：你这流溢着嫣红黛绿鹅黄青紫的果园哪／你这飘游着淡苦浓甜幽香芳馨的果园哪／用不着我给你写诗／你就是一首美丽的抒情诗／黎明，乳白的雾飞来为你洗脸／朝霞为你镀红／你翡翠般的手臂在晨风中起舞／洒我一身花露／撩动我胸襟内隐秘的情思……

我把我听说过的颜色能抹都抹上去了，把我知道的词汇能堆都堆上去了。我那时写诗不懂意象只会形容，不懂感觉只会比喻。唯恐句子不美，追求表面华丽，尽量做加法。当然我也写我的姐妹，十五岁就在一起劳动的姐妹：我们裸露着和土地一样颜色的臂膀／挑着和苗条的身姿极不相称的大粪桶，跌跌撞撞／虽然没有一条花裙子／却给果园剪裁了一件又一件春装……

我的诗歌无意间就和命运和时代连接上了。

缙云山农场，已经改名为金果园，是3A级旅游景区。那些一人高两人高的土台堡坎，令现在来旅游的人惊叹不已，那是缙云山人二十多年的辛勤杰作。每年都有一次或两次改土大会战，每次一周到十天，改土二十至三十亩。

既是大战，就一定有大战特色。其一全场五百余人都上山，不管你是书记、场长、队长、技术员，也不管你是果树队、畜牧队、基建队；其二时间拉长，早上越早越好，考验革命自觉性、积极性，傍晚由于要点火放炮，6点统一收工；其三午饭送上坡，吃了接着干，上午10点下午4点打两次"么占"（即加餐，当然是吃自己的粮票花自己的钱）；其四对于我最重要，就是大喇叭从场部接到工地，造气势，鼓干劲！我写过：喇叭云中架／电线树上牵／改土工地广播站／像一朵报春花开在山巅……

我是队上选出的宣传员，各队都有几个。我们石头当凳，膝盖当桌，每人每天写稿几十篇，我们以短平快的打法将广播站轮番轰炸得金光灿烂。

我们表扬那些去得早跑得欢汗珠子落地摔八瓣的人，这些常用字词一百句，已用得烂熟。写下一串名字后，结尾处总会加上"特此表扬，以资鼓励"几个字。这种写法很快觉得不够劲了，我们开始编顺口溜、快板，比如："基建队的某某某，安砌线上火正红。"

广播稿不断变化、发展，渐渐地竟有点儿诗的味道了，在大锤二锤的号子声中塞进些鸟语花香，在条石堡坎里嵌进些佳词丽句，惹得播音员也动了情，放一张唱片，就成了配乐诗。

在众多宣传员中，大家觉得写得好的有三个，那就是强润森、李晓海和我。我们又都自认为是缙云山文学界读过李白、杜甫，读过严辰、严阵、李瑛、陆启、梁上泉的。我们异常兴奋，甚至亢奋，互相鼓励又暗暗比赛，那就是缙云山的诗会了。在广播站碰头时，常常你送我一个开头我送你一个结尾，忙得不亦乐乎。

虽然各有各喜欢的诗人，但喜欢李瑛是一致的。20世纪70年代初，我们被《红花满山》和《北疆红似火》迷得发癫，望李瑛望得脖子酸。恨不能将他一口吞进肚里，长成自己的肉。一时长不起来，又急着要用，就一片一片硬往脸上贴，有时贴得过分了些，六行八行，简直成了抄袭。我们三个人互相都明白，就扮鬼脸、做怪相、揭老底。每一次大战结束，我们都笔力劲健、诗艺大涨。

这一天我再次为我的姐妹写了一篇：我的苹果一般新鲜的姐妹／我的柠檬一般苦涩的姐妹／让我们在泥泞中站起，在烈日下集合吧／我们相信秒针更相信时针／相信眼泪更相信汗水／相信热情和花瓣会重新绽开春天的祝愿／相信果实和欢笑会重新弹响秋天的琴弦……

我从广播站出来，穿过广柑林回到工地，配乐室正在播放我的新作。五秒，在不易察觉的五秒，几百把锄头、几百条扁担屏息敛声，整个工地像一幅大型群雕，凝固了，静止了。

五秒之后，工地又动了起来。扁担跑得更快、钢钎举得更高、二锤甩得更圆，尤其女人们，如涨潮来临，一浪浪要掀翻岸边的礁石。

大喇叭还在一遍一遍推波助澜。

农场附近有几个从上海迁来的仪表厂，三十年后，与其中一个厂里的退休工人相识，他自称是我坚定的白头粉丝，他说自我离开农场后，凡与我有关的座谈会、朗诵会，他都悄悄坐在下面听。而他真正开始"追星"，竟是从听农场大喇叭广播开始的。

3

1977年3月，农场接到了一个通知，要农场派一个人去重庆市群众艺术馆开创作会，那时农场文工团节目在区里、市里小有名气。自编自演的《抬工号子》《扁担》《农场姑娘个个强》，还登上过重庆市人民大礼堂。

由于我写广播稿积极，农场把我派去了。我顺便带上了我已经写了两本的练习册，会后，练习册就放在艺术馆王老师那里。

同年8月，《四川文艺》的老师来重庆看到了我的练习册，王老师转述："好清新好有泥土气息，每首都是写的自己，且能找到一两个闪光的句子，但都不成熟，没有一首够发表水平。"同时吃惊这个人写了这么多却从没往外投过稿。

同年9月，四川省在温江举办创作会，邀请我参加。通知发给农场领导，也给我写了一封信。

等了二十天都没有任何消息，我小心翼翼去场部找到了副书记。他面朝窗外，无论我怎么谦卑地叫他，整整十分钟，他没有说话没有转过身来，这漫长的等待、这冰冷的拒绝、这无言的羞辱。

我想当时我一定是很想去开这个会的，我才会又跑到十几里外另一个叫蔡家沟的生产队，找到一把手，书记兼场长。他说我们已经回了信，你不去参加这个会，你要为农场收红苕藤。哦，我确实是在收红苕藤，正是挖红苕的季节，我去农村收集农民的红苕藤，再由农场运输车拉到山顶去喂奶牛。

后来那个会从9月延期到10月，省里很任性，又来信问傅天琳同志的红苕藤收完没有，收完了还是请她来开会。总之，我没有去成。哎！我说这些怎么有点儿像痛说革命家史，不，不，好运气马上就要来了。

我虽然没有去成温江，但后来听重庆的老师说，我的名字一直贴在招待所的门上。省里、市里、北碚区的老师们，你问我我问你，没有一人知道这是个啥子人。

1978年3月，我第一次参加了重庆市南温泉文学创作会。我见到了我崇拜已久的梁上泉老师以及更多的我完全不知道名字的老师。

一瞬间阳光涌来！

会上张继楼老师对我特别关注，会后又是第一个并且持续不断地写信给我，老师读了我写在练习册上的分行文字，肯定了那是诗，同时指出许多不足。最让我忘不了的是10月1日国庆节收到的那封，那天我在山上守果，信飞来了，我快速拆开信封，开始只是站着看，然后坐在石头上看，最后干脆就躺在广柑树下看。轻风拂过，有鸟在林间飞来飞去，金黄硕大的锦橙在我头上垂悬，阳光透过枝叶落在信纸上，就觉得每一个字都在发光。

继楼老师的每一封信都极大地鼓励了我，我在那大半年的进步相当于过去十年。回信时便总要寄上两首诗，觉得没有诗就没有理由写信一样。

1978年11月的一个下午，5时许，我正在坡上挖土，农场广播叫我赶快去场部，搭农业局的小车进城，参加市文联的一个会。

进城后我才知道是《诗刊》主编严辰及夫人逯斐来了。

重庆市文化宫大会议室，七八十人济济一堂，听严辰讲诗，讲《诗刊》以及1976年后北京的诗歌盛况。会场情绪极为饱满热烈。会上王觉老师专门介绍了我，会后又留下我一人到市文联小会议室继续小坐。严辰满面慈祥，问我带诗来没有，他想看一看。

我什么都没有带，因为我是从果林直接钻进车内的。我穿一件来不及换的蓝布衣服，一双解放鞋满是泥土。继楼老师急忙跑回家，翻我整整一个夏天给他的信并从中取出我夹在信里的诗。杨山老师在这一沓诗稿的右上方为我庄重写下：重庆市缙云山园艺场傅天琳。交给严辰。

1979年1月，诗刊社邀请我参加大海访问团，那时我还未发表作品，诗刊社的桌子上正放着严辰老师带回去的诗稿。

农场接到通知时，场长对我说："小傅哇，这一次我们真的不是想卡你，你想想一斤牛奶的利润才一分钱，你如果用二百块钱，我们农场就要为你挤两万斤牛奶。"

没想到市文联向财政局申请到了专款专拨，在杨山老师家里，老师把五百元钱交给我，厚厚一摞，简直就是一笔巨款。是我一个月工资的二十三倍。杨伯母从里屋取出针线，亲手替我缝进内衣的口袋里。

"小傅哇，把钱放好，千万别遭扒手摸了！"

那时我已经三十三岁了，杨山老师和杨伯母，还把我当小姑娘，千叮咛万嘱咐。事实上他们就是把所有学写诗的晚辈，都当成自己家的儿子和女儿了。

2月18日，我登上了南下的列车，经綦江、贵阳、株洲直抵广州。广州沙面的胜利宾馆，是我住过的第一个宾馆。我仍然只有一件蓝布衣裳、一件小绿格子的确良、一双黑布鞋。人们见我发肿的脚，问我这么远为啥坐硬座，我说我喜欢硬座。

我这才知道，这是1976年以后，诗刊社也是中国作家协会组织的第一个采风团，团长叫艾青，副团长叫邹荻帆，团员有蔡其矫、白桦、韦丘、玉杲、孙静轩、傅仇、唐大同等。

我就像大象队伍中来的一只川耗子。有人在船上读"假如生活欺骗了你／不要什么不要什么"，我眼睛瞪圆了直夸别人写得好好，都不知道是普希金的。有人读"你碧蓝碧蓝的宝石一般的海南岛啊"，也不知道是朱子奇的。当然，《大堰河——我的保姆》，我也不知道就是近在身旁这位大师艾青的。

这群被禁锢多年的诗人，重获自由，心旌摇荡，黄埔港、黄花岗、越秀山、远洋船，争先恐后走进诗行。每天早上和晚上都有人大声朗诵新作，邹荻帆则是每日凌晨4时就起床写诗，他几次对我说一定要珍惜时间。蔡其矫则一再教我读书秘诀，要细，细细读，细细嚼，嚼烂，读一本算一本。

年近七十的艾青天真、睿智，他说话就像从波动的浪花中随便摘下一朵两朵，鲜活而富有哲理。他叫我走自己的路并力求发展变化，不说教不空洞，原话是："再蠢的媳妇也有几件换洗衣裳。"

到了上海，《解放日报》出专版，二十位诗人一人一首，我写了一首叫《浪中花》，很表面很肤浅，之后任何一本诗集都没收过它，我已经记不得一个句子。

艾青的一首叫《盼望》，只有六行，时隔近四十年我却记得很清楚：一个海员说／他最喜欢的是起锚所激起的那一片洁白的浪花／一个海员说／最使他高兴的是抛锚所发出的那一阵铁链的喧哗／一个盼望出发／一个盼望到达。

语言如此简练，蕴涵如此宽阔。为什么我看见的浪花仅仅是浪花呢？怎么我就没听见一个海员这样说一个海员那样说呢？我这才明白，诗人多么需要培养诗的敏感和直觉，需要第三只眼睛。诗歌不是再现，而是创造。

大海之行历时近两月，从南海到东海到黄海，经广州、湛江、海南岛、上海、青岛、济南、西安、成都回到重庆。人生最重要的两个月，我从小学一步跨入大学，一块干渴的海绵，回到故乡。

此行感受多多而我却基本无诗，因为我还没有从万事万物中捕捉诗意的能力。直到1986年我才写出一首诗《海》，发表于《诗刊》。2013年我又才定稿另一首《海之诗》，发表于《诗刊》。

1979年4月在西安街上看见了4月号《诗刊》，严辰带走的我的组诗《血和血统》发表了，同一期，我还看到了两个年轻的名字：北岛、舒婷。

我与儿童诗

1980年，我离开劳动十九年的缙云山农场，到了北碚文化馆。果园诗歌暂告一段落，新的环境新的生活让我眼界大开，同时手足无措，因为我捕捉诗意的能力太差，去了大海，看见浪花却仅仅是浪花。

是孩子挽救了我的诗歌！

那年冬天我在市里开文代会，并搭乘12点到站的夜班车回北碚。12月的夜晚空旷、静寂、无比寒冷！远远地，我看见在车站的路灯下、在飘落的雪花里，站着两个小不点儿，就是我家的夏夏和炜炜。

他们提前半小时就到了车站，值班的阿姨叫他们去屋里烤火，可是他们坚持要站在路灯下，站在台阶的最高一级，他们要让夜班车在拐进站台的一刹那，立刻看见她的孩子。

他们说不能错过那一刹那。

泪水涌出来，当晚我写成了第一首儿童诗《夜班车》。

那时已经有了不少诗会兼采风会，比如乐山诗会、江油诗会、雁荡山诗会、大兴安岭诗会、玉门诗会，短则几天，长则半个月到一个月。回头一望，总是小姐弟眼巴巴地送行和等待，于是有了这首《月亮》：妈妈你走了多久我记不清了／你走了我天天晚上趴在窗口念月亮／念月亮从D字到O字到C字／也不知究竟是念月亮念字母还是念妈妈。

我这才发现，我的孩子，许许多多孩子，原来有那么多洒落在我身边的诗的光斑。我开始一点儿一点儿寻找，一点儿一点儿挖掘，一点儿一点儿聚拢。童真与母爱，一座金矿，原来就潜藏于内心。我很快走出困境，于1982年出版了第二本诗集《在孩子与世界之间》。

时针甩开它的小蹄子一路疯跑，一溜烟妈妈诗人成了外婆诗人。我的外孙女，我叫她妹妹，曾经有三年我带着刚出生的妹妹，只与奶瓶、尿布打交道，一个字没写，一本书没读，我以为从此就写不出诗了。写不出也没关系，人生怎么走都是路。妹妹上幼儿园后，我在家里有了空闲，手又开始痒痒，第一件想做的事，就是把她说过的话、做过的事，一点点收集起来，写成诗。

它们无不散发着真善美的芬芳，无不闪耀着太阳的光辉，使我相信一个健康、诗意的人生，是从起点开始的。

比如那年北京暖秋，树木都不落叶，一场大雪下来，叶片承受不住，许多树枝都被打断了，我们常去的大花园一片狼藉。妹妹用她三岁的小手使劲刨树枝上的雪，手指冻得通红还在刨，额头冒大汗还在刨，一边刨一边念念有词："我想让它们重新回到树上。"这句话让我又是眼睛一热，还能在哪里去找这么好的诗呢？

对于幼小的妹妹，过去我主要是读儿歌、读童谣，读小鸟唱歌喳喳喳、青蛙唱歌呱呱呱、鸭子唱歌嘎嘎嘎，让她既得到知识又感受音韵、节奏，感受祖国语言的魅力。她很喜欢，还会自己押着韵胡编。现在大一些了，我想让孩子逐渐认识自己：她的天真，她的趣味，她的幻想，她像电脑乱码一样的语言，她对一切弱小生命的爱意、善意，统统都是最美的诗。

我把这些小诗读给妹妹听，希望妹妹能获得一点点诗的启迪。她惊奇地睁大眼睛，有光，一种奇异的光，就像第一次看见蔷薇花开一样。

听得懂吗妹妹？这就叫诗。

我的铅笔断了

纸上的树枝也断了

我的铅笔哭了

纸上的花瓣也哭了

我的铅笔没有了

纸上的鸟儿也飞走了

别闹别闹孩子

让妈妈来帮助你

妈妈找来小刀轻轻一削

一支新铅笔诞生了

树枝，花瓣，鸟儿

都回来了

刚才那支铅笔

躺在纸的旁边

只是小睡了一会儿

其实它一直没说什么

刚才是我自己哭了

"外婆这不就是昨天的事吗，你怎么把我哭也写进去了呀？听得懂，外婆写的我，好像又有点儿不一样。"

听得懂，因为这是她的小小经历，她看得见摸得着；为什么又不一样，那就是语言、节奏、形象、意境，这些她还不懂，但这不妨碍一颗幼小心灵，逐渐学会去发现、去触摸、去感受。

儿童诗再次打开我的思路，文学生命失而复得。有人问我怎么老了老了，诗还写得青枝绿叶了？表扬用语有四五个，我一时答不出。但对于其中干净二字，我想原因只有一个，就是妹妹带我一起去了生命源头做洗礼，那水质无比清澈、纯粹，对于诗歌，多少起点儿净化作用吧。

不久，一本配有精美图画的儿童诗集《星期天山就长高了》出版了。不少小学请我去给孩子们讲诗，这时妹妹刚上小学，我向她请教："外婆要对像你一样大的小麻雀讲诗，该怎么讲呢？"小老师回答我："外婆你的语速要慢一点儿，要有故事，不要像和你们职业诗人讲话一样（她不知那叫专业诗人），要讲幼稚一点儿（她也还不懂有个更准确的词叫浅显一点儿）。"

小学生们感觉诗歌很神秘，我到之前就围着校长问，诗长得什么样啊？诗人长得什么样？我知道后告诉他们，今天来的这个诗人就是你家的外婆，提着篮子，一边走一边把星星点点的生活捡拾起来，比如苹果、草莓、带泥的萝卜，回家用清水洗洗，她发现这一天多么明亮。比如你们进校第一天亲手种下的树，比如这草地、足球、升旗仪式、成长墙，比如今天你们的问题，一个两个三个，给她的篮子，又添了多少可爱的花蕾和小灯。

近年来，我随各种各样的爱心团体和爱心人士，在山花烂漫和大雪纷飞的季节里，去了重庆一些区、县的留守儿童小学、中学。那些简陋却干净整洁的校园，那些图书室、手工劳作室、学生寝室，那些面对我的大眼睛，澄澈、明亮，有很多问题、很多期盼、很多渴望。我一次次被感动，一次次获得新的创作灵感。

特别难忘在武陵山山顶浩口小学的那一次，那里海拔高，地势狭窄，交通不方便，居住着人数不算多的仡佬族。孩子们既能用竹篾编背篓又能写诗画画，那幅画在墙壁上的蓝色海洋，鸥鸟成群，浪花飞溅，就是许多山里孩子的梦想啊！

我与孩子一起成长，从幼儿园到小学到中学，从自己家孩子到很多孩子，尤其是大山的孩子，我从孩子那里获得的是植物一样向上生长的蓬勃气息，我的儿童诗自然从低幼写到少年。无论幼儿诗、少儿诗，美丽心灵和大自然都是诗的土地，感觉和意象都是诗的共同语言。

学习台湾诗

在会议日程表上，我看见了大师余光中的名字，我知道流沙河和余光中交情甚好，行前就打电话去问先生，有没有啥要带的。不巧那会儿他家里没人，而余光中也因生病未能到会。

但我却感觉，空气中处处都有余光中。

从1981年起，我们就间或在《诗刊》上读到几首台湾诗，耳目一新，很喜欢。1982年5月乐山诗会，流沙河带来几本台湾诗集，我们如获至宝，狂读狂背，近乎痴迷。

开会仅几天，读过了又怕记不住，就狂抄，抄也抄不完，就各抄各的。有的诗人的我们选择性抄几首，而余光中和痖弦的是一首不漏，全抄。记得我和李钢的分工是，他抄余光中的，我抄痖弦的，回重庆后再交换抄。

一片飘逸的东方心性，深邃的叶脉与我同根。台湾诗中那种与我们一拍即合的民族性、现代性，以及新颖、活泼、瑰丽多姿的意象令人陶醉。那一阵，谁都能摇头晃脑地念出：

"那么多表妹走过柳堤／而我只能娶其中的一朵"（余光中）。哦，原来大师的表妹不是一个，而是一朵，仅那个朵字就迷死了一代人。

还有"我哒哒的马蹄是美丽的错误"（郑愁予）；"宣统那年的风吹着／吹着那串红玉米"（痖弦）；"我是火／随时可能熄灭／因为风的缘故"（洛夫）；还有罗门的、蓉子的、商禽的、周梦蝶的，向明、张默、管管的，等等，好一个庞大而光彩夺目的台湾诗群。

可惜了乐山美景，可惜了满山满岭开得正艳的杜鹃花，那些天我们眼里空洞无物。坐在大佛的足趾上，不念佛，只念："你来不来都一样／竟感觉／每朵莲都像你，尤其隔着黄昏／隔着这样的细雨。"这些长短不一、分行错落有致、极富音乐感的诗句，读起来真是唇齿留香，手指尖尖、头发尖尖，都有微微触电的颤动和快感。

我们最狂热迷恋台湾诗，是从1982年5月到1983年底，常常不自觉就口吐莲花，造出一些智慧的病句。由于用心和刻意，我几乎把每一个句子都拆散、掰开来琢磨过，甚至一个分行、一个标点。我有一首写于1982年的诗《六月》"六月，取第一片胭脂／拍粉红的节日在孩子脸上"，我把拍这个动词用于一行诗的第一个字，就是读了台湾现代诗鼻祖纪弦"刻你的名字在树上"的现学现卖。

想象力、语言张力、节奏美、旋律美似乎都有了，但我很快警觉起来，怎么能只学点儿表面的句法、结构而不得其精髓呢？照此下去，诗不可能写好，即使写好了，也是替余光中写，替痖弦写，替郑愁予写，替洛夫、罗门、蓉子写，再好也是台湾诗的盗版。

我仿佛有些领悟，凡好东西大约都是美丽"圈套"，台湾诗是，普希金、泰戈尔、埃里蒂斯是，李白、杜甫是。你常常会不由自主被套住，但这不是坏事啊，只怕你从未被套住过，只怕你被套住了不懂要跳出来。也许就是这样，我们从一本一本书里，从一个一个圈套跳进又跳出，写作才得以提高，螺旋形提高。对，应该不是火箭形而是螺旋形，迂回百转的，向上的，盘山公路一样的。

台湾多雨，这次去，一场雨仿佛从《诗经》一路下过来，从天边下到屋檐，从台北下到台南。一淋雨，某女就会脱口而出"等你，在雨中／在造虹的雨中"；路过大贝湖边一片青荷，某女就会想到"一池的红莲如红焰"；在博物馆，看见唐三彩，某女就会喃喃自语"每到春天／青青犹念边草"；到了科学馆，也不问里面都有些什么内容，某女就一把抓住同行好友的手，念起"一颗星悬在科学馆的飞檐／耳坠子一般地悬着／瑞士表说都七点了／忽然，你走来"……哦哦，余光中吟着诗来了！

原来台湾诗处处有迹可循。

诗人郑玲

2007年冬，我读到郑玲诗集《过自己的独木桥》，泪流满面，通夜未眠，4点钟爬起来给她写信。她的诗集中有一首《幸存者》：幸存者／是被留下来作证的／证实任何灾难／都不能把人斩尽杀绝／戴着死亡的镣铐走出灰烬／在宿鸟都不敢栖息的废墟／重建家园。这首诗在2008年汶川大地震中被各报用大号字广泛刊用，还被当作座右铭刻写在什邡地震墙上。这首诗可是在地震之前写的啊，这说明什么？说明好诗即灵魂，是可穿越时空的。

郑玲是我们重庆江津人，重庆不能忘了郑玲。她生于1931年，1949年参加革命，离开家乡辗转于湖南、广东，再也没有回来过。我读过她歌颂革命烈士的诗篇，为之振奋。尽管她什么奖也没得过，她没有傅天琳的好运气，但是她一直在我的仰望中，她是写诗写得最好的那几位之一。

二十七岁时郑玲受到不公正待遇，在被送往大山劳动的一天，一个比她小七岁的年轻人，放弃光明前途跟她去了。郑玲是苦难的也是幸福的，因为在戴上荆冠的同时，也戴上了新娘花冠。陈大哥是官员兼文人，古诗词和散文极佳，《你这人兽神杂处的地方》被称作散文佳作之冠。我曾经想写他们的爱情，这分明就是另一座爱情天梯，但陈大哥坚决不让写，他说你说诗就说诗，莫去扯别的。

　　大致知道了郑玲这个人，我们才能大致读懂郑玲的诗，对于一位饱经沧桑的诗人，与一切轻佻的文字游戏无缘，绝对不会去写仅仅取悦于感官的句子。诗人笔下的废墟，是生活的最低处，是灰烬，而诗人却站在精神的高峰，以柔弱之躯抗击风暴，以坚定的信念和神圣不可侵犯的尊严迎接每一个黎明。

　　20世纪90年代中期我为她编过一本诗集，她以其中一首诗《风暴蝴蝶》作为诗集名，那是她最好的自画像：一只白色蝴蝶／从风暴的阴霾中飞来／在零落和憔悴之间／久久萦绕／以一种醉心融骨的热情……诗中完全没有想象中的过激言辞，而是坚韧、宽容、宁静，是的，谁能比诗人郑玲更懂得去抚慰痛苦！

　　郑玲对诗歌的虔诚有如宗教，几乎每一首诗都是一场灵魂的自我拯救。句句深情若水，字字义重如山。数年前我读到她的新作《爱情从诞生到死亡》：爱情从诞生到死亡／不过两次钟声之间那样短暂／我们相互给予的／是半个世纪的短暂相守／我们挣扎在巨大的阴影下／通过一连串的失败感到胜利……当即认为这是一本刊物中最好、最耐读、最有重量的一首，每一个字都能把大地砸得梆梆梆响，我打电话给她，是陈大哥接的，才知她常年躺在床上，耳聋，手不能写字，语言含混不清，生活不能自理。

而她八十岁的胸怀依然澎湃，她依然需要诗歌为生命增氧，她的一个动作、一次呼吸、一句喃喃自语，甚至唇齿间吐出的一丝气息，相知相守几十年的陈大哥就能懂。陈大哥赶紧拿笔记下来，记下来就是诗啊！这样的如血如泪的八十岁的诗，不正说明什么是用生命写出的诗歌，而什么又是真正的诗人吗？

那年10月，我收到陈大哥发来的郑玲诗歌四百行，四百行！我一个健康人，虽然老了但比她稍稍年轻，一年也写不出四百行，我被惊呆了！处于半清醒半梦幻状态中的玲姐，依然那样文采斐然。依然在用诗歌的形式表达对生命的尊重与命运的抗争。比如她写一棵草，称它是会跳舞的草，称它是：在我们见识了爱情后的第一个黄昏诞生的／那个黄昏迟迟不肯熄灭它的霞光……气息如此充沛，青枝绿叶般的想象，一如少女心声。

今天，在书柜最显眼的位置，我再次取出《幸存者》，这本于2009年出版的诗集，纸页微微有些发黄，已被我用目光和手指，抚摩过数十遍了。忍不住读出声来，用郑玲的诗句对远在天国的郑玲说："正在读你／读你，如坐春风／去赴酒神的节日／连狂欢的虎豹都拉着载酒的车子／你可以想象得到我的陶醉……"

酿酒如酿诗

　　从重庆去二郎镇，驱车七小时。高速公路走了一半，就是贵州境内的公路了，路盘旋，弯多，大客车小车挤在一条道上，冷不防还有性急的载重车迎面驶来。还未到酒厂，便想，要喝酒真不容易，一瓶一瓶都要翻山越岭运出来，要是能在大城市酿造就好了。可是不行！早就听说那酱香型的酒都出自赤水河，没了那河就不是那味儿了，太神奇！

　　此时我站在贵州的地盘上。酒厂跟山的体积相比，建筑竟有同样的分量。酒厂平出一大片地基，车间层层叠起，烟囱吐出一股浓郁的白烟。这样的阵势，排着效率列着速度，更像是躲在山里的兵工厂。

　　站在贵州往对岸望去，山形更奇，轮廓若案头的灵璧。浅赭色的岩石，有水墨画的笔意。向上看，草木葱郁，气象蔚然，还系一条缥缥缈缈的白围巾，要说此山就是一轩昂又儒雅的青花俊郎，确有九分神似。

　　酒厂的产业，并不集中于一处，更有藏富于民的理念。从镇子到山上，除了民宅，都是酒厂的作坊。厂房民房杂集在一起，似乎每个人都有质变的能力，似乎全镇都在悄悄发酵。这个过程，有的是看出来的，更多是闻出来的。

宾馆里放着贾平凹的书，他描写二郎老街的石板路布满了云纹，走上去如行云上，这句话我记住了。石总是让人好奇，一看，果然。那纹理用云来形容，最为贴切。这纹理不是平面的图形，而是凹凸的，雕出来的，老天雕刻出来的。突出来的地方已磨得温润如古玉，任意取出一块置于案头都能启发想象力。

地上的云看了，抬头看天上的云。这会儿天上的云已由缥缈变为饱满，胖乎乎如童话世界的充气城堡。满眼云纹，连天接地。镇上的云也在升腾，细看，却是酒厂车间放出的蒸汽。蒸汽渐渐升高，与山上的云融合，最后全部涌进一个洞里。

酒气在酿着云，云在酿着酒，酒气如云云如酒。我再次相信二郎镇这地方，唯有酿酒一事，与天地最相契合。

酿酒之奇妙和珍贵，其实全在一个慢字。雷平阳有诗：《最慢是活着》。在这里可称作：最慢是酿酒。诗人更可借用：最慢是写诗。一切过程都慢慢地变化，催它不得。变、化二字，用于酿酒，最准确不过。人不喝水活不成，人不喝酒活得不爽，人生无以慰藉。因此，酿酒应该属于艺术的行为。酿酒的过程也的确像是一个行为艺术，水哟粮哟蒸哟发酵哟，水就变成酒了。

说着说着你就醉了，我握着你的手，就是握着赤水河，握着一手的醉了。

而这过程需要多少聪明的人、憨实的人、通灵的人来参与，每年的端午制曲、重阳投粮，酿酒人心怀敬意，给酒神烧香进贡，都带着庄严的仪式感。酿酒是天人合一的劳作，因此还得有天的参与。天宝洞是这场行为艺术最重要的一环。那些精灵们诞生时，叽叽喳喳，天真烂漫，兴奋莫名，其实是对这世界和自己茫然无知。然后，必得来到天宝洞，认识别的精灵，渐渐静下来，学习坐禅、面壁、修炼。二十年，三十年，五十年，或许更长，修得目光柔和，喜悦静穆，方能洞悉自己的前世今生，方能"步入万物的圆融统一中"。

一群诗人就在此时来到天宝洞。见到酒的千军万马，其中一个张口结舌，痴呆呆傻呆呆，她只会说一句："这么多坛子，这么多这么多坛子呀！"站在结满酒菌酒苔的坛子中间，又一个诗人说，他不想走了，就让他和他的诗歌在洞里一起封存五十年吧！是的，酿诗的过程同样需要封存。如果真是这样，说不定就会封存出一坛绝妙好诗来。诗人们举起一杯窖藏四十年的基酒，在灯光下细细端详，这液体，清澈、微黄，原来就是时间的颜色！就是沉淀、修炼、滤掉一切杂质后，诗歌应该具有的品质！哦哦！写诗几十年，仿佛都懵懵懂懂，此刻才幡然醒悟，一个个竟眼眶潮湿，有步入新学堂的庄严感。

每天喝一点儿，三天加起来已不止二两。现在我胸中存有二两窖藏五十年的赤水河的酒，一两压过千斤，一两压过半世的风云。

记两次女性诗歌研讨会

　　女诗人、女作家，大概是与文学有着天然的缘分，她们聪慧、敏锐，以特有的笔触，不说教，不概念，就能将生活的点点滴滴与生命痛感融为一体，自觉或不自觉地，就抒写了自己以及整个社会的沧桑百态。她们委婉、鲜明、细腻，文字可以深，也可以浅，可以写得很好，也可以写得较好，但一定是不假，不装。多数女性在本质上就很真，所以她们一旦提笔，就容易出好作品，就像两军对垒，女诗人、女作家总会静悄悄修一条壕堑，不知不觉就通到了前沿阵地。

　　搭上了新时期文学这趟列车，我是幸运的。除了正常用稿外，报刊时不时会辟一版女作者专栏，出版社会出一套"女作家文库"和"女性诗歌大观"。女作家、女诗人从出现到成长似乎都有更多的机会。

　　我想起了两次比较大型的女性诗歌研讨会。

　　1999年去台湾参加两岸女性诗歌研讨会那一次，女诗人十二位，男士仅三位。女诗人自新时期文学以来如青葱树林，遍布祖国四面八方。不假思索，我们随口就能说出一长串名字。女性诗歌作为一种多姿多彩的社会存在，已为海峡两岸注目，研讨会正是在这样的背景下召开的。

而我真正感受到作为女诗人的蓬勃朝气和艰难不易，是在台湾师大综合楼会议厅的热烈气氛中——当身着满、蒙、藏、彝、汉等民族服装的"十二金钗"极其引人注目地闪亮登场，当早有准备的大会发言带着绝不敷衍的哲学深度，当会议激烈争论可谓唇枪舌剑，当我随身行囊在短短一周内塞满各类信息。

八篇论文，是八位理论家或大学教授的发言，这些与我息息相关而又与我的诗歌、散文完全不同类型的文字，新鲜，陌生，令我受益匪浅。特别是关于女性自身的人格独立、性别觉醒，把女性文学首先作为人的文学、人的觉醒来思考的话题，我过去几乎没有去思考过。

一位在台北未能抢到时间，而在高雄才得以发言的先生，一篇《陷阱说》让大家为之一振。因为他的文章不像常见文章那样，先表扬后批评，也不为如此难得的研讨会先说一番面子话。他论文的第一句话是"常见女作家们有时落入写作的五种陷阱而不能自拔"，接下来"一二三四五"，啪啪啪，如杂技大师挥长鞭削铁如泥，毫不手软。

其一陷入自我，其二陷入华而不实，其三陷入琐细、萎靡，其四陷入幽怨、寒碜，其五陷入神怪、魔邪。我赞同前四个，我多多少少有这些毛病，任何幸运中都潜藏着不幸运。

我只是觉得五陷阱说，哪里只限于女诗人，不仅此岸有，彼岸有，女作家有，男作家也有，当共勉之。

　　除了论文本身表达的观点，其实我更欣赏干净利落的发言及会风。那位声音柔柔、面部表情平和自然的女主持人，她对每一位的发言总能以几句话做出准确评价。她手中闹钟为铃更是不徇私情。宣读论文限时一刻钟，短兵相接限时五分钟，无论你如何的远道而来，如何的德高望重，如何的慷慨激昂意犹未尽，到时都被铃声打断，绝不通融。

　　当八篇论文宣读完毕，进入自由发言时，那位"女权主义"教授与男士再次交锋，子弹横飞，火药味儿甚浓。女教授学识渊博，刀锋甚利绝不示弱，只因限时，而争抢话筒的男士更多，显得"敌众我寡"，我在此时被这新鲜活泼的会场气氛感染，只顾着看热闹，竟忘了这是女性诗歌研讨会，就算女教授举例的那首诗粗俗了些，怎么说，也该挽起袖子帮自己姐妹一把的。

　　2018年12月，首届女性诗歌周在广东四会举行。来自美国、哥伦比亚、法国、俄罗斯、土耳其、日本、韩国、越南及国内众多有影响的女诗人与众多优秀的男诗人，济济一堂，深度探讨了女性诗歌在中华民族文明史上的文化意义。朗诵会上，我们聆听了自东汉蔡文姬以来，历朝历代女诗人的响亮之作，薛涛、李清照、柳如是、贺双卿、秋瑾、林徽因、郑敏至最年轻的"80后"郑小琼，还有我们最景仰的狄金森、阿赫玛托娃、茨维塔耶娃，等等，无不温籍委婉又大气磅礴，充满自尊自强自信。

现在，轮到作为诗人的我发言，我能说出点儿什么有水平的话呢？说不出。我虽然明确知道自己是诗人，女诗人，女性固有的经验与生俱来，避也避不开。但是在写作时我从未想过要努力创造或者捍卫一种什么主义，说直白点儿，我真的不懂什么叫女性主义。

这次为大会编印的诗选中，主办方收入了我的两首诗《墓碑》和《我的孩子》。第一首写于一个烈士陵园，九百九十九座年轻坟茔让我极度震撼，我用手指抚过那些年龄大致在十八至二十二岁的墓碑，悲恸无声。完全是不由自主，就动用了一个母亲的全部情感。我才会说"满眼墓碑，赠我众多儿女的名字"。第二首写于2008年汶川大地震，那些埋在废墟里的孩子，一排一排彩色的书包，那些飘落的课本如天堂里的白蝴蝶，我又是无意识地，就当了一回所有孩子的母亲。我才会说，"假如可以重来／我要把你们一个一个全都装回肚子里"，写完之后心痛如绞，含了七粒速效救心丸。

这种状态下的写作其实是忘我的，不仅忘了自己是女诗人，甚至忘了是诗人，忘了笔、忘了纸。笔尖下自然流淌的只有满满的爱和悲悯。

首届女性诗歌奖终身成就奖颁给了郑敏，实至名归。作为"九叶派"诗人的代表人物，诗好自不用说。最令人敬佩的是诗人持续的生命力量！郑敏一直在写，一日我与她女儿同桌午餐，她刚一说出郑敏今年九十八岁，我泪水就涌了出来，我知道我的眼泪是情不自禁在向生命、向诗歌致敬啊！同时想起了上午美国印第安女诗人的一句话："诗歌是什么，诗歌是呼吸，能持续给生命提供能量。"

四会是一座玉之城，全国百分之八十的玉聚集在这里。选择在玉之城举办首届女性诗歌周的意义不言而喻。我更是想过，一块石头，要经历什么样的岁月沧桑，带着什么样的美好心情才能成为一块玉呀，一位女诗人的生成大致也是如此。在没有玉的年代，我一直把柠檬看成是一枚带蒂的玉。

今天我第一次佩戴玉牌，这块玉品质无价，荣誉无价，我对自己说："天琳你是诗人，女诗人，年过古稀的女诗人，你可以到老都不明白什么叫女权运动什么叫女性主义，但是你应该明白要怎么做才能配得上这块玉。"

《99首》后记

世界上有很多山,最爱缙云山。

就是那个叫缙云山农场的果园,在物质和精神同样贫瘠的年代,用她仅有的不多的粮食和最干净的雨水喂养了我。一个刚满十五岁没读过多少书的青年,在山野获得了最初的诗歌启迪。

漫山桃红李白,而我一往情深地偏爱柠檬。它永远痛苦的内心是我生命的本质,却在秋日反射出橙色的甜蜜回光。那味道、那气息、那宁静的生长姿态,是我的诗。

做人作诗,都从来没有挺拔过,从来没有折断过。我有我自己的方式,永远的果树方式。果树在它的生活中会有数不清的电打雷劈,它的反抗不是掷还闪电,而是绝不屈服地把一切遭遇化为果实。

什么是诗,这是许多年来被问得最多的问题。作为一个仅仅沉醉于表达和倾诉的诗人,理论水平实在不高,使起劲说也说不好。唯一的也是切身的感悟只有一点:诗歌就是命运。写诗就是写阅历，写人生。有时我甚至觉得，从写第一首诗开始，我就不自觉地在写自传了，喜欢我的读者如果能从头读到尾，就略等于读到了一个人。

一首诗的完成，必须有生命的参与，用眼泪和血液来写，让读者读到你的脉动和心跳。我曾读过的很多很好的诗歌，感觉它们一个字一个字，都是肉做的。

诗歌源于生活，这是任何时候都不应该怀疑的，也是当下被认为是不屑于讲的老掉牙的话题。而我依然要说，让生活在诗歌中恢复它们本来的诗意，这是吸引了我一生的无比美妙的创造性劳动。我很庆幸自己从少年到青年到老年，都深深地沉浸于其中。我理解的生活，是立体、全方位的，有深度也有广度的，既是眼睛看得见又是眼睛看不见而只能用心灵触摸到的。诗人的职责，就是要通过事物表面，挖掘到蕴含其间的精神实质。

几十年来我所写的诗歌，虽然有长有短，有轻有重，有好有孬，但都与我的生活、我所处的时代息息相关。有了这个前提，我对自己的要求其实不高：媚的、俗的、脏的不写，心没痛过、眼睛没湿过的不写，做不了大诗人，就做小诗人，小到就做我那一个果园的诗人。这辈子才气实在有限，可以原谅自己愚笨、肤浅、眼界不辽阔、气势不磅礴，但是，绝对不可以装，不可以假。平生最鄙视做作、虚假。在一首好诗所应具备的若干因素中，我首先崇尚一个字：真！

语言是极其重要的。诗的语言，是要向读者传递新的经验、新颖、准确、生动，像水一样清澈，像山野的风活色生香，像岩石一样坚硬，有重量、有定力，牢牢站在地上。基于这种认识，我对诗歌语言始终怀着敬畏，常常表现出挑剔和苛刻，自己写不好还眼高手低。不喜欢过于晦涩，或者无边际的天马行空；不喜欢表面华丽的虚假珠宝，或者油腻腻；不喜欢装神弄鬼，或者雨过地皮湿；不喜欢把人人都懂的事情讲得人人都不懂。诗人是语言的净化者，如果诗人都把话说不清楚，思维混乱，口齿不清，那么这个世界还指望谁来把话说清楚，说得更有意思呢？

一段时间，一种方式如果写得太顺手，如果有点儿小感觉东拼西凑就凑得像一首诗，这时诗人就得警惕了，不要以为自己已经才华横溢了，才华是最靠不住的东西，它太能掩盖你内在的空洞无物了，写诗同样需要老实、本分。诗人不是熟练技术工，不能踩着滑溜溜的语言，无阻力行走。诗歌的高远境界才是我们超越字词的最终追求。

如果把写第一首广播稿当成诗，写作已伴我逾半个世纪。案桌上的稿笺越堆越厚，习惯用的铅笔越削越短，脸皮越洗越薄。曾有出版社老同事相约出一套文集，说写作几十年的人都纷纷出文集。天，我哪有啥文集？那就厚厚一本？也不行！厚了就不是书，就是印张和码洋，就是让人还没读完就可能扔进垃圾箱的废品。哎，在出版社工作久了，不知为啥竟生出这等怪异感受。

对于我，能在创作的千首诗中选出百首，已经是件了不得的事情。而且，这正是我期盼中的一本书哇，不厚不薄，不多不少。

描述一下读到一本好书时的状态吧：停不下来，停不下来，眼看越来越薄，生怕读完了，但还是读完了。千般喜悦，万种不舍。于是回到首页，读目录，读版权页，读出版单位，读责任编辑，读条形码，把一盘好东西啄食得颗粒不剩。写书人，穷尽一生，谁不渴望拥有这样的一本。

细雨飘飘，桂花香；书房敞亮，大轩窗。外孙女考试得了高分，跳舞得了冠军；孙女画的猫猫炯炯有神，跳啦啦操得了全国第三名；农村弟弟已交完保险，从此生活安定无忧；农场老姐妹又涨了工资，明天要请我下馆子；侄女有了新屋，侄儿去了海南，二姐的书已正式出版，我正在编写的这本诗集已过选题……

哦哦，一天之内怎么会收到这么多好消息，虽是琐碎小事，但对于我却是了不得的关乎生活的喜事、大事，一切都太好了，好在恰逢一个圆月之夜，好在我刚刚编完一百首的时候。

我这个天生的悲观主义者，怕的就是太好，就是圆和满。不知如何捣碎自己的圆月，顺手掰了一块甜饼去喂鱼。

转身进屋，毅然将已经选好的一百首删去一首，成九十九首。最好的那一首，仍未找到，它藏在自己最美的风景，最痛的山水中。

貌似写了很多诗，就是没有写过序甚至怕写序。已出版的二十余种图书，本本既无序言又无后记，常被老师和朋友们笑称为裸书。而这一本，终于有了序也有了后记。

五十年后，再写一首《我们》

邀请信从大海飞来，要交两首爱情诗，为诗会汇编成册之用。主办方认为这对于任何一个诗人，都是小菜一碟。我却真真被难住了，我说啥诗都有就是没有爱情诗。写爱太阳的算不算，不算；写爱山水的算不算，不算。哦哦，难过。对方一句哈哈，那就更要请你来写一首，我说要得，但是我知道，一个古稀老人，哪里还有力气来写爱情诗嘛。

想想这辈子写诗都半个多世纪了，怎么会找不出一两首爱情诗呢？难道你没有年轻过，没有爱过？当然不是。但是不管怎样，就是找不出一首像样子的爱情诗。

那么我还有理由去大海参加以爱情为主题的诗歌周吗？去！我当然要去！为了获取这张世上最美好的入场券，我只好去翻旧纸堆，硬是翻出了一首写于整整五十年前的所谓的爱情诗，题目叫《我们》：我们在寒冬的枝丫作巢／没有一片绿叶发来贺信／我们在柠檬汁的苦海扬帆／没有一节花枝愿来作桨……

这样的文字放在今天多么不合时宜。

但我是爱着的呀！爱一个人，爱一座山，爱一片水，爱一棵树，爱一座城。有时还爱到哭，眼泪便是证据。

说到眼泪，对于我，除了因为爱，恐怕还得加上几个字：敏感、脆弱、眼浅、泪点低。

有时，我甚至怀疑我的爱是不是太多了太泛了。是的，有一些眼泪就不说了，比如战争、疾病、地震、海啸、洪水；比如故人的离去、朋友的不期而遇、幸福的突然来临。问题是有的眼泪，在旁人看来是大可不必的，牵强附会的。一个老年人，动不动就热泪盈眶，哪里还有半点儿威严？

都说老人的眼睛是一口枯井，因为流了一辈子的泪，都流干了。而我，分明看见和我一样的老人，老泪一旦纵横，便如黄河之水天上来，浑浊，有质感，一颗颗掷地有声。而他们，又大多是作家和诗人。

"为什么我的眼里常含泪水？因为我对这土地爱得深沉。"这是艾青在黑暗岁月写的诗。诗人把一生深厚博大的爱，都献给了他的土地、他的人民。当然，我们断不能拿艾青的诗来为自己的眼泪说事。但是诗人虽有大小，眼泪却无真假。为什么我们眼里也常含泪水，因为心中爱着呀。

而爱，是不懂世故不设城府的，率真的天性也不会因年龄的增长而消失。不然，诗坛为何会有人称白发少女王尔碑，白发儿童曾卓，白发情歌余薇野，白发花蕾郑玲？

想起有一年在山东菏泽，那是牡丹花的故乡，头戴花冠的人群迎面而来，其中，七八十岁、八九十岁的太婆们尤让人感动。她们缺牙、拄棍、坐轮椅，头上照样戴着鲜艳的牡丹花冠。阳光灿烂，白发闪耀，深深的皱纹之间，哗哗哗的岁月流淌，而老人的笑容却是那样美而媚，一顶花冠，娇嫩地压住了老人一生一世的痛。顿时，我眼泪流了出来。

又想起另一个上午，应邀赴南山樱花节，节日略为早了几天，樱花还只是花骨朵。细雨蒙蒙，新娘们拖着白色长裙走过花径，像走在童话里一样。这时我和一群美丽诗人，白月、西叶、梅依然，走过一棵一棵樱花树，我在心里对新人们表达着祝福，不断地说，爱着的孩子们赶紧去南山吧，南山已为你准备好了这么多海棠树、樱花树，还有蝴蝶、溪水和阳光，赶紧去呀。

这样的美好情景又让我感动了，一片比纱还薄的薄雾，比鱼啄出的涟漪还浅还淡的涟漪，不知不觉又让我的眼眶有些许湿润。当时连自己都觉得是不是太小题大做了，太没有道理了。我怎会患有这样的眼疾？

外孙女在美国过第一个情人节，老师为十岁孩子布置的家庭作业是：至少为班上一个同学制作情人节贺卡，如果给全班同学做了，就能获取两盒小蛋糕。最后外孙女做了五个心形贺卡，送给她五个最好的朋友。她说只有心形贺卡才能表达她的心愿，她理解的情人就是有感情的人，需要永远记住的人。

孩子对情人节的理解让我豁然开朗。我爱我的城市，爱我正在爱着的人，多好哇！我为什么不能大声说："因为心中爱着！"我正是被爱滋润着，我的眼睛才不会干涩，我的笔尖才会流出诗句。

晚饭后迫不及待和孙思一起去了海滩，迎面走来十几对年轻人，有的一身休闲装，有的拖着婚纱长裙，青春靓丽，满脸幸福。刹那间我竟然想到了我还在读小学、中学的孙女、外孙女，她们如果有了男朋友，应该也是这样啊。

沙滩知道我爱，愈发摆出亿万家私向我炫耀，金子，金子，全是金子。即使从指缝漏下最细小的一颗，都藏着心中了不起的爱情。像金子又回到金子中间，爱情又回到爱情中间，衰老的生命似乎重新注入些许能量，竟觉得白发为之羞涩，夕阳为之脸红，满屏浪花，都成了我相思的病根。

我在心里问自己，这是第几次来到大海呀，为什么每一次，都像爱情刚刚发生。

枕着涛声我失眠了，可能会写一首爱情诗了，那种感觉真好！那种感觉来自今夜哪一颗爆炸了的恒星、哪一滴渔火、哪一阵潮汐？

那么多鱼儿踩着波涛挥舞小旗为谁欢呼，海被我们剖开，又迅速合拢，从来不流哀伤的血。因为爱情从未远离我们，天空、海，和你我，已连成一片。你没来，突然想起余光中的诗句了，来不来都一样，来不来，我们都拥有半个世纪的浪漫。对不起，诗集出了一本又一本，只有一首写给你，我还占去一半。刚才，有一瞬，我很想把万顷波涛，看成是水做的玫瑰园，九千九百九十九朵浪花，我很想摘到其中一朵，蘸着夕阳，写一些字送你。但是我的笔老了，我的船在岸上，不动了。刚才，又是那么一瞬，我感觉到了你的鼻息，你就在我身边，在我的海岸线。我所有的风雨都是你为我挡的，我所有的担子都是你为我扛的。我们也有蜜，一小勺，够了。那是用所有的苦酿的。眼前走过一对银发老人，他们远去的背影，从容、镇定，如果你来了，那就是我们。

赶紧翻身下床，借着酒店的笔和纸记下这些断章，前言不搭后语。回家改改，就是另一首《我们》。

五十年，两首爱情诗，够了。

我与采风诗

这是几首采风之后写的诗。

有一次与某著名诗人同时参加一个采风活动,路上,著名诗人告诉我,他从不写这类走马观花的诗。

我想我是会写的,因为眼前这一切给我太多感动和惊喜。

不一样的工厂、矿山、森林、牧场、泥泞、废墟、开花的和荆棘丛生的路,一次次给了诗人,诗人是幸运的人,也是比较辛苦的人。作为命运的跋涉者、见证者,我要感谢那潜藏于一山一水、一沙一石、一枝一叶间的生命的启示。

我私下里对自己说的话更上不了桌面:总不能白吃别人的饭,白坐别人的船……我的浅薄妇人之见成全了我,出书时一看这类诗占了四分之一。

几十年来,我就这样一次次幸运并辛苦着!因为采风一般都要求很快交稿,逼得人在现场写,在车上写,在梦中写。大家听到的看到的一样,容易撞车,很是考验人。记得《诗刊》组织的1984年去大兴安岭那一次,森林公路狭窄且凹凸不平，抖，我在车上写下的几行字，乱成一团，过后连自己都不认识。诗人又容易激动，刚刚写了几句，其实还没有写完，拿出来就念，强迫别人的耳朵听。一种美丽的病毒就这样互相传染。

漠河，晚餐时宣传部部长热泪盈眶地与邵燕祥、曾卓、程光锐握手，这个当年的文学青年，就是因为崇拜这几位偶像犯了错误，无处可走，隐姓埋名来到北方。他说在东北这样的人很多，统称为"盲流"。

是森林母亲用第一间木刻楞，接纳了、庇护了这些赤脚穿过沼泽地、眷恋故乡却要忘却故乡的年轻人，用零下四十摄氏度的严寒和呼啸的大风雪，为他们擦洗伤口，把他们培养成大森林栋梁之材！漠河宣传部部长是，十八站站长是，一路上见到的记不住名字的工人、技术员更是。

我就是在那一次明确知道了诗是什么，诗就是命运。写诗就是写阅历、写人生。

每次采风结束，报、刊都会开辟专版，一个善于学习的人，会用心、细致、满怀敬意阅读别人。十个人写大兴安岭，十个角度，十种不同的语言方式，就有完全不一样的不仅仅限于地理意义的十座大兴安岭。老诗人邵燕祥、曾卓的谆谆教导在耳畔犹新："采风诗绝不是走马观花的表浅之作，需要调动诗人深厚的生活积累，同时又有敏锐的新发现。"

多年后又到了北方，嫩江平原。无比开阔的视野，站在任何一点环视一周我都是圆心，目光放出去直抵地平线，黄了满了，全是粮食！我可是饿过饭的人哪，眼前有这么多粮食！我在四川、重庆丘陵地带的农村住过，都是小块小块的地，那些豆类更舍不得拿整块的地给它。黄豆、绿豆、饭豆就在不足一尺宽的田坎上啄个小窝窝点儿。而这里的黄豆、黑豆、红小豆却是以上百上千公顷的阵势铺展开去！丰收的喜悦让我的想象力腾空而起，9月北方送给我一首这样开头的诗：这是最好的季节／无人能托起一个秋天的重量／只有上苍摆放于北方的餐桌／巨大，丰盛／那张油浸浸的黑色台布／转动日月星辰／转动稻谷、玉米、大豆、高粱……

在青藏高原，宁静的青海湖躺在雪山与冰峰之间，它圣洁的蓝色让我毛孔和心灵同时敞开，任其浸润。圣洁这个词，我认为一生只能使用三次。现在这个时刻到了：离天空最近，至高无上的蓝／在梦想和恩典中飞翔不止的蓝／现在，我用目光把你轻轻提起／丈量鱼的深度和鸟的高度／一寸寸打开自己的空间。

我是一个挖了十九年土、种了十九年树的人，和树有特殊的情感。采风路上，见到各种不同的树，就像见到自己不同的人生际遇。

4月的戈壁滩上，一棵树被拦腰截断，结满拳头大的伤疤，春天的枝条从伤疤抽出来，齐刷刷像一排钢刷子。当地诗人说到冬天它又将被拦腰截断，形成更大的伤疤，明天的春天又从更大伤疤处抽出来。8月，在塔克拉玛干大沙漠边缘，一片，一大片胡杨树，蓬头垢面，披头散发，简直就像在风沙中狂奔嚎叫的疯婆子。走进胡杨林，几乎找不到一棵完整的树，全都残肢断臂，不少树心已被风的刀子掏空。

风还在吹，烈日还在暴晒，一场厮杀永无止息，胡杨林横尸遍野，我站在中间，心感到一阵阵的绞痛。后来才知道这些树其实都还活着，10月，胡杨林将展现生命的大美，奏响金色的华彩乐章。多少沧桑沉浮哇，胡杨树一生都在为生存抗争着。原来这世界有更多吃大苦受大难不忘大信念的人，也有更多吃大苦受大难不忘大信念的树。

新疆温宿县神木园，再次让我震撼：一棵树生铁一样揳入另一棵／一棵树成为另一棵腹中的钉子／没法拔，不能拔／那场雷电已经过去一千年／它们一起死过三百年／撕心裂肺地，仇恨过三百年／用同一把冰雪敷疗伤口／又是三百年。最终选择活着／活着，就是宽恕别人同时也宽恕自己……

我在这棵树前站了很久，别人都走远了我还不走，我想接收到它心灵的信息。诗人总爱说心灵，心灵，这存在而又看不见的东西，要想把握住，如同用手去捉光线一样愚不可及，而诗人正是这样的傻子。这一刻，我想我大概是捉住了，因为这首诗不是我写的，是树说出来的。

在和田，和田人笑谈和田的风沙一年只刮一次，从大年初一刮到大年三十，和田人民苦不苦？一天要吃两斤土。在这风沙之地，居然有这样一棵无花果树：上苍赐予大漠的生命奇迹／无水而受孕，无花而结果／一张口，吃过成吨成吨的风沙／经年累月地吃，一天也不少／你把风沙吃到哪里去了／怎么吃得自己郁郁葱葱……树的主人告诉我，这棵树灵得很，许什么愿都能实现。我们绕树三圈，双手合十，以果实为灯。

我不停地提醒自己，我是从青山绿水的重庆来的，天待我已经太厚，我不能再贪求什么了，像捡到块和田玉什么的这种念头就不应该有。这棵树真的太神奇了，怎么一点儿也看不到风沙的痕迹，那样从容、大度，甚至可说雍容华贵。从科学上讲也许是这棵树下恰好有一汪水源，而诗人更愿相信奇迹，相信这棵树是心态好、心情好，它把阳光雨露、风沙雨雪统统都视为生活的慷慨赐予，坦然接受。它于是获得了双倍的营养和正反两方面的力量，这样的一棵无花果树，怎么会不是一座森林呢？

仅仅几棵西北的树，就让我看到了我崇敬的各种形态的人生，从此，我怎敢轻易诉说，我的柠檬树那些羽毛级的悲伤。

采风诗歌因催稿所逼，一般写得较快，偶尔灵光闪现，还会有一两句神来之笔。但更多时候，得沉淀、思索、反复修改。记得我有一首《墓碑》，初稿写于1989年，在一个烈士陵园，九百九十九座坟茔刻写着一群十八九岁、二十岁的年轻名字，像从土地长出的庄稼，刚刚拔节、灌浆，来不及收获就倒下了。一种强烈的情感冲动要写诗，不写睡不着，写了还是睡不着。因为一直没有写好、写深、写到位。只好放下，捂着，三改五改七八改。一直改到十七年后的2006年，才定稿发表。

关于采风诗，刘立云在微信上写给我的一段话更是醍醐灌顶。他说："一个人的见识是有限的，只有通过扩大见识，才能丰富起来，饱满和深沉起来。这种扩大见识的过程，同时也是对自身的唤醒和打开的过程。从某种意义上说，人的一生都在采风。采风中的风是人人面对的现实世界，而采却极端个人化。作家和诗人的优劣之分，就是采风和采风之后，再现事物的聪慧与愚钝之分。"

今年在《诗刊》上读到李琦的组诗《世界的底细》，那样的开阔大气，纯净美好，甚有生命的温度和强度。那些珍贵的文字，一横一竖一撇一捺，似乎将我指尖黏结，眼睛不得不顺着语音之波流动。我们常常夸奖好听的声音有磁性，其实好看的文字更有磁性。这组诗就是，每读一遍，都有五脏六腑被穿透的感觉。

李琦写高原盐湖，想起曾经的诗人，想起星光下"如纯银闪烁的／正是他们的智慧与命运／璀璨如盐花／咸涩如泪水"；她写牦牛"它是大动物／威武凛然／默契的高原见过的沧桑／它对于宇宙和万物的心得／让人肃然起敬"；她从呼吸困难嘴唇乌青的高原反应中，领悟到局限、暗示，领悟到"大自然最为幽微神奇之地／必有玄妙和暗藏的机密"。

李琦的创作谈更是让我敬佩，她说大西北这组诗并非急就章，而是近年来数次西北之行的积累、更新和过滤。能把采风诗写成《世界的底细》这样的经典、名作、代表作，仅仅

"走马观花"哪行？一首好诗所应具有的品质、品性、品味得啥啥都有，所以，采风诗更加具有难度的挑战性。

我后来写了不少这样的诗，正是通过写诗，让我一次次走出内心狭隘，诗意的空间也随之一寸一寸打开。

从第一次采风团里最年轻的一个，到现在基本是最老的一个，时间一晃四十年。天待我太厚，让我老年尚未痴呆，让我吃得下饭，睡得着觉，走得动路，交得出接近于及格的作业，这已经是我最大的幸运。感谢采风！感谢诗歌！

回 到 果 园

《柠檬叶子》获奖后，北碚向我发出了召唤，像家一样，很亲切很温暖。北碚一直把我当家里人，要给我开诗会。具体商量时，我说不要场馆，更不要豪华场馆。到金果园去开，在山坡坡上随便站着开，对着满山果树开。10月，正是硕果满枝的采收时节，我以为这样又浪漫，又少用钱。对方问下雨怎么办？我说下雨就冒着雨开，这个天气有雨也是毛毛雨，总之不在室内开。

回到果园，这可是我多年的愿望啊！这片果园，是从荆棘乱石中抠出来的，是一代人青春、热血和生命的见证。

这一代人的名字叫知识青年。

我的固执己见除了对那片土地的挚爱，还捎带着一些知青遗风。

走拢一看我傻眼了，搭了台，拉了顶篷，做了背板，音响设备以及桌子板凳都从北碚拉过来，我这才明白，我的固执给北碚带来了多大麻烦。我也才认清了诗人是什么人，诗人就是头脑简单四肢欠发达的人，不求实际的人，一不小心就会给别人制造麻烦的人。

长长的葡萄架上挂着印有我的诗句的木牌，漫山果树枝上挂着黄丝带，上面写着柠檬叶子、柠檬叶子、柠檬叶子，那情景我在电影中见过，不太像真的。

泪眼迷蒙，走在寂静的果园小路上，才想起我从这里出去已经三十年了。

离开农场不久，诗集出版了，读者在厌倦了"文革"诗歌帮风帮气的那个时刻，看见了我。不早不晚，我出来得占尽天时地利人和。人们喜欢这些诗的清新、朴实，但我自己知道作为诗，它缺少艺术性，几乎谈不上啥追求。什么感觉、意象、体验、洞悟这些词我都是过了很久才知道的。

20世纪80年代初，这些诗获得过两次全国奖励。在带给我荣誉的同时，还有一种特别不好受的感觉，荣誉被提前透支的感觉，我就像欠了别人很多钱一样，都不知道这辈子能否还得上。在当年给《诗刊》的一篇短文中，我写道："希望二十年后能写出真正的好作品，以赎回我的惭愧。"长久以来，我一直怀着这种心情，一直渴望兑现自己的诺言。

那以后，在很多场合人们都称我为"果园诗人"。奇怪的是，我对于这个给予我很多荣誉并改变我命运的称谓却并不满意。时代给了我新的机遇和更好的写作环境，我以为我已经去过很多地方，写了比果园诗多得多的别的诗歌，仅仅是果园诗人，把我的线路框定在一个范围内，就太小了太狭窄了，我别的诗就被忽略了。

尤其是在我接纳新的信息试图有变化的时候，尤其是别人都在当全国著名诗人、国际著名诗人，而我才是个果园诗人的时候。很长时间我不知道什么是大、什么是小，什么是真正意义的好和不好。我认识不到自己的浅薄。事实证明，在心灵离开土地的那些日子，我的创作成绩平平，没有人能记得几首我离开果园后长长二十年的诗。

我要感谢我的姐妹。不知不觉，姐妹们一个个都白发了。几十年来，她们没有抛弃我，没有因为我的一些变化和我拉开距离。勤劳、节俭和善良贯穿了她们生活的全部。而我自己，也并不觉得能写诗与她们就有什么不同。也正是因为她们的亲情指引，我才重新听到了这片土地的召唤：果园，请再次接纳我 / 为我打开芬芳的城门吧 / 为我胸前佩戴簇新的风暴吧 / 我要继续蘸着露水为你写 / 让花朵们因我的诗加紧恋爱 / 让落叶因我的诗得到安慰。

我回来了，从果园出发，到大海、沙漠、戈壁，天之涯地之角转了一圈，带着落叶和白发又回到了果园。回到果园就是回到根。说来真是神奇呀，回到根的诗歌立刻就气韵充沛，就是落叶也能返回枝头。我相信我的回来是灵魂和精神的回来，不是花三十元买张门票，作为一个旅游者去赏赏花采采果的回来。如果不能为这片土地而忧伤而歌唱，我就说不上是回来。

也不知是哪一天我突然就对"果园诗人"这四个字，听起来耳朵顺了心里舒服了。我做不了大诗人，也不去做了。我只想做仅仅是我的果园的诗人，新出版的书，我要发给站立在风中的橘子树、橙子树、枇杷树、桃树。我的读者都是叶子，已经成千上万。风吹过噼噼啪啪，那是它们的诵读声。

我这样想着想着，就觉得诗歌越来越真实，内心越来越安静。从缙云山岩石缝里沁出的一滴水，对于我就是永不枯竭的源泉：黄河都可以断流／它为什么不断／树根珍藏的一滴／琴弦拨动的一滴／神明的一滴。从一片飘落的叶子，我看见了一棵树的五脏六腑，看见了人的一生：飘，极尽辉煌地飘／它谢幕的姿态／多么从容、镇定、优雅／历尽万紫千红的旅行／就要静静地到达。回到园中，站在自己种下的树林里，我才会有这种感受：一滴汗，一滴善，一滴纯／毕生不能没有的一滴之轻／她如此沉浸于自己的忏悔／她在外面世界转了多久／全身裹满多少灰尘。

当听到老姐妹被两万块钱买断工龄时，我的心脏突然绞痛了一下，为什么会有这种生理反应，原来我们早就得了连体病：断了／四十年枝枝叶叶／在一个下午／嘎吱一声断了／骨头，根，断了／我的芬芳我的气息断了……进而我才会去写老姐妹的手：生命的手，神话中的手／满手是奶，满手是粥／一勺，一勺，把一座荒山喂得油亮亮的／把一坡绿色喂得肉墩墩的……我就是这样深信着我的果园，是富有女性气质的果园，芬芳的奉献的母亲一样的果园。我把我的诗读给老姐妹听，她们都哭了。她们的认可已经是对我最大的褒奖。

感谢果园，给予我无尽的诗的灵感；感谢诗歌，将这片林子移植到我心中，使之成为我灵魂的家园。

1979年10月，在《红岩》杂志复刊号上，有我的组诗《从果园到大海》。从那时起，果园和大海对于我就不只是两个具体的位置和地方，而是具有象征意义的两个词。它们分别代表生活的深度和广度。我很幸运在那个时候就获得了走向广阔的机会。没想到过了近三十年，我才认识到我需要回过头来，重新回到根里去。

诗的深度和广度，就是我的经线和纬线，我就用这两根线不停地编织着，当我写下《回到果园》这个标题时，我又听到了远方的呼唤。

有些奖项老人不宜

最初我是不打算申报鲁奖的。原因很简单，全国写诗、写好诗的人太多，听说四年间要出两万本诗集，两万本中评出五本，我哪有这个竞争力。

4月，加上小半个5月，我悠悠然数着窗前的黄桷树叶，看着它们一片片变黄飘落，又葱茏满枝。

得知上海文艺出版社在截止前两天还是为我申报了，也没细想，报了就报了，别人报的，也无切肤之痛痒。再说时间还远着呢，这段日子也过得平心静气。

9月初，从成都办完签证回到重庆，就要起程去美国看女儿了，这时突然得知我过了初评，且过得姿态比较优美。

但也就是从这一天起，我再也不能回到平常心，不由自主就会想到这件事情。俗人就是俗人，何谓超脱，完全不能自圆其说。

整整一个9月，半个10月，都处于无奈的等待中。

时间拖得太长，这样的等待无疑是一种煎熬。便觉得，既然有些电影儿童不宜，同样，有些奖项老人不宜。

知道获奖的消息是在眉山，在苏东坡与王弗谈恋爱的中岩，在黄庭坚喝过茶写过字的玉泉，一个好电话说我通过了，电话那头气喘、口吃，能听到心脏的剧烈跳动，比自己得奖还兴奋。我顿时有些晕，不敢相信。急忙叫来新泉，一时语塞，拥抱了他。中午，来自全国各地的电话多了，我相信了这是真的。而这时我就要走了，眉山众诗友一个一个与我拥抱，眼里全是深情，全是欢喜。

我记住了给我好运的眉山，记住了玉泉，记住了那杯茶是从岩石缝里一滴一滴沁出的，它的品质叫清澈。我甚至觉得如果不是在玉泉，不是见过苏东坡，不是笼罩在岷江诗一样的薄雾中，不是前一天晚上喝过酒吃过肉，我就接不到这个好电话。

一个下午有些眩晕，我不断对自己说："你是老年人，老人有老年人的尊严，平静些，得奖的人多了去了，不要那么激动，那么丢人现眼，在人前假装点儿矜持好不好。"我估计那阵子血压在一百五至一百六，心跳在一百一至一百二，大约两个小时后，渐渐恢复正常。

当晚回到重庆，日报记者兰世秋已经在家门口等着我。

第二天重庆的报纸，挂满了柠檬叶子。

行走在字里行间，我就像胸佩大红花，牵着村里奖励给我的一头牛，行走在大街小巷。那种感觉很是陌生。

真心、诚挚的祝贺，那么多，我如何承受得起。说不上老泪纵横，但眼眶常常湿润。这就是我的城市，重庆。过去我一直不喜欢它，嫌它坡太陡，树太少，雾太重，浓雾中有些事物看不清。

电脑里居然能找出当年的报纸，综合摘录几段如下：

"一件事情，做了将近五十年，无论外面世界是喧嚣或者寂寥，文学是热闹还是冷清，傅天琳好像都置之度外。"作者叫蔡正奋，那时我不认识他，而他就像认识我似的。

"她是一个安静的人。在任何一个谈论诗歌的场合，她总会找到僻静一角，倾听，面带微笑，带着青草的芬芳。一个天生的歌者，一个邻居大妈一样善良纯朴的女性，一个曾经的编辑。"作者何房子，他笔下的我还没有走样。

邢老师、景娅集合女作家们，自己出钱出力，为我开茶话会、朗诵会。

再说刘阳，今年6月，得我赠书之后，刘阳利用端午假期读完诗集，打来一个长长电话，那是情感的雪中送炭，无比温暖。

还有冉冉，春之3月曾四次打电话要我申报，言辞恳切，声音轻柔，不愧为好干部。我横竖就是不答应。而她依然轻柔，坚持说服工作，绝不发脾气。当时我想要是反过来，我都会不耐烦。

蒋登科兴奋之情溢于言表。我已数次感受过他富有才智的激情，在眉山接到的第一个好电话就是他打的。

吕进对于评奖一事的关注胜于我自己，一开始，对于我拒绝申报不大理解。当获奖消息传来，我能听见电话那头提高八度的声音和一百二十的心跳。

书记王明凯读完诗集连夜写了一首长诗，叫《柠檬是怎么黄的》，就像《钢铁是怎样炼成的》的，在机智和幽默中，我看到了重庆市作协的形象。

重庆市宣传部何部长讲话激情风趣，使我这个从不接近领导的人感到亲切。尤其第一次握手，粗糙，有力，劳动人民的手，值得信赖的手。不像有的握手，软绵绵，懒洋洋，假握，拒人于千里之外的握。

我每天都要说很多话。而我最大的毛病就是话说多了心脏就不舒服。我尤其害怕电话采访，对方看不见我的脸我的眼睛，无法感知我当时的疲惫当时的情绪，我怎么拒绝都不行。遇到线路不畅或杂音太多，又会听错意思。而自己缺乏被采访经验，做不到说话滴水不漏，就更是惹火烧身。

由此我更坚信了有些奖项老人不宜的观点。说这些并不是说我不想得奖，我想得，怎么会不想得？这矛盾吗？不矛盾。而这时我唯一能保护自己的，就是倚老卖老，我说我都快七十的人了，你们要忘记我是个诗人，就当我是大街上买菜的老太婆。第二天各大报纸都抓住了这句话，也许是觉得特别八卦，有的还以此作标题。有趣的是报纸上有记者真把我写成七十几岁的人了。外地有新闻还谣传奖励了我一套房子，直到2018年，还有文章写得有鼻子有眼的，哈哈，房子。

重庆作协文学院伙食团一炊事员更逗，她对来吃饭的文学青年说："一个卖菜的老婆婆真了不起，把你们的文学大奖得了。"

我是"新来者"

  吕进老师是我的恩师，吕老师的诗歌理论对于我有着直接的非同一般的指导意义。从1982年学习《新诗的创作与鉴赏》开始，吕老师不断有新文章和新书问世，我就不断地跟进学习。近水楼台，受益多多。我特别能接受吕老师的观点，因为这些观点与我的写作意图是比较一致的，用现在时髦的话讲"处于同一气场中"，我自然而然就读进去了，就接受了。写作时，我也许出于本能，也许有意或无意，觉得要这样写才好、才对、才顺，但说不出为什么，也不去深想为什么。吕老师的理论帮助我理清了认识，明白了诗歌应该具备的基本品质。

  吕老师的理论不生硬，不拿腔拿调，不空中楼阁，它用诗和散文一样美丽、朴素并富有旋律和节奏的语言，深入浅出，讲出了精辟、透彻并富有哲学高度的诗歌论点，很值得像我这样的只重感觉而缺乏理论支撑的诗人认真学习。事实上我在阅读一些诗歌和评论时，就是觉得，有的理论太艰深晦涩了，那首诗我明明读得懂，但是评论那首诗的文章却读不懂。反过来有的诗呆滞死板味同嚼蜡，远不如写得鲜活、生动的理论书。

泰国诗人曾心选出其中的精华，取名《吕进诗学隽语》，在泰国、中国结集出版，此书既贯穿了吕老师对于诗歌建设的整体思想，又让时间有限的读者尤其是海外读者，能更直接有效地获其精髓，这是一件多么有意义的事情。我们该做而没有做的，一个泰国诗人做了。我很感动！很敬佩！

几十年下来，吕老师著述丰富，涉猎范围广而深。其中最重要之一，当是20世纪80年代吕老师和一群年轻的诗歌理论家创立的"上园派"，他们有系统的理论框架，提倡坚定地继承本民族优秀诗歌传统，同时大胆借鉴西方艺术经验，在传统与借鉴之间做好相互接纳、包容和转换。他们注重诗的使命感，注重诗与社会、时代的联系，注重诗的思想含量和承担精神，同时非常注重诗的审美感染力，一首优秀的诗歌总是生命关怀与生存关怀结合得最好的，因而也是最能获得读者广泛共鸣的。

我是20世纪80年代出来的诗人，是吕老师理论的受益者，同时又是实践者。在当时的三个群落中，我肯定属于吕老师所研究的"新来者"。和我一样同属这个群落的诗人很多，我随口就能数出一大片：雷抒雁、韩作荣、叶延滨、张学梦、李琦、李松涛、张新泉，还有我们重庆的李钢、华万里，等等。我们显然没有被理论家列入灿烂的朦胧诗群，虽然有时候出版的朦胧诗选也选进我们的个别诗篇。我们这个群体的诗歌成就怎么样，我从未去细想过，我只知道这群人是至今一直坚持写作的人，是用血液和泪水写诗的人，是诗歌生命最长久的人。且感觉并不迟钝，诗风并不僵硬，在今天充满更多新鲜气息的诗坛依然是一股不可忽视的力量。如果把这个群落的诗歌作品集中起来，那将是一支多么引人注目的集团军！

三十多年来，我获得吕老师的教益和帮助太多，这个像兄长像亲人一样的老师，我感谢你，永远尊敬你！我感谢和尊敬的唯一方式就是写，争取写得好一些，争取做一个无愧的"新来者"。

没有左昡就没有《斑斑》

　　罗夏在越洋电话中说："应该在书的前面加上一句话——感谢左昡，没有左昡就没有《斑斑》。"我说好吧，虽然我觉得作为责任编辑，左昡自己不会同意。

　　2011年春节期间，重庆一群儿童文学作家在一起吃饭，因偶尔写了点儿童诗，杜虹把我也叫去了。还有重庆的"儿童"大腕张继楼、蒲华清，从北京回重庆过春节的王泉根，从綦江赶来的刘泽安等。包间内笑语融融，这是重庆儿童文学版的春节联欢会。

　　进来了一位年轻的女大学生，一口地道的重庆话，经介绍方知是北师大儿童文学专业的博士生，现于人民文学出版社旗下的天天出版社做编辑，重庆人，名叫左昡。

　　当时我已买好二月底去美国探亲的机票，席间，朋友们说道："傅老师，去美国半年又准备写一本诗集吧！"我说："写不了一本，写几首应该是会的，同时还会写几篇儿童散文，就写外孙女在美国上小学的故事，她刚去时一句英语听不懂，闹了好多笑话呀，每次接她电话，我都觉得太有意思，就赶紧记下来。"

我简单讲了她如何走错教室上错课，讲了她如何用各种水果来记住同学的名字，与美国小孩儿相比数学又是如何的出类拔萃。

没想到第二天左昡就到家里来了。围绕儿童文学，我们的第一次交谈就十分畅快而惬意。我说我一直以为，诗不分大小，最深刻的东西有时最浅显，那个透明而五彩斑斓的儿童世界，好东西多着呢。我们就写孩子们说过的话做过的事儿，让孩子看得见摸得着，明白她的天真、她的趣味、她的幻想，她像电脑乱码一样的语言，她对一切弱小生命的爱意、善意，统统都是最美的诗！她自己就是诗！每一个孩子都是诗！我们越说越起劲，声音越来越大，一句比一句高，全然没有一点儿斯文。左昡不像个博士生编辑，我不像个老年诗人。完了她向我约稿，希望我想写的儿童散文不是几篇而是一本。我送给她儿童诗集《星期天山就长高了》。

几日后突然收到由快递送来的两本儿童图书，《窗边的小豆豆》和《学飞的盟盟》。我并没有在网上买书哇，原来是左昡干的。这位对工作怀着十二分热情的编辑，从阅读开始，就打算着力培养她发现的新秀了。

美国小学暑假长达三个月，和外孙女诗雨天天泡在一起，无意间她常会讲到学校生活的点点滴滴，我听着全都很有趣，赶紧拿笔记下。而诗雨独创的日记更是别具一格，它结合了汉字、英语、拼音、符号、图画，鲜嫩欲滴，让我爱不释手。像《走错教室上错课》《历史书引出的老公》《用水果记住同学的名字》这些篇什，我几乎是原封不动将小标题和内容抄录下来。

而我还想获得更多的素材，常常揪着诗雨刨根问底，问得她都不耐烦了，说："外婆你怎么什么都要问哪，写这些有什么意思嘛！"她很不理解。我不掌握主动性，又不会凭想象编造一些美国的小学生活，有时听到有趣的又必须用英文来表现的那句话，就更犯难，于是放低语气，柔声柔气求她："妹妹，快把这句英文给外婆敲出来吧！"同时施以糖衣炮弹："今晚你想不想吃皮蛋瘦肉粥哇？"就这样，好不容易写了四万字散文，我在美国发给了左昡。

左昡觉得这只是一堆素材，还不具备她想要的文学性。但素材料好，是海参，就这样子实在可惜了，因为不经过水发、烹制，是做不出佳肴的。她建议改写成小说，有了人物、情节、故事，孩子们爱看，会有更多的儿童读者。

这想法听起来很好，对于我的创作，却等于从头儿来过，那该是怎样浩大的工程啊。完全没写过小说的人，哪能说改就改。索性扔在一边，算了。

又不想算了。整整一个休斯敦的夏天，大汗淋漓的夏天，就这样算了？不甘心啦！

书柜里不是没有小说，现学现卖，学学别人吧。正好有一套去年的鲁奖丛书，取出中短篇小说的那本，翻开第一篇，便是乔叶的《最慢是活着》，从技术角度细读，得出的启蒙是小说一开始就得有很多个线头头，话都不说完，过一会儿扯出来继续说。比如在散文中我用一整篇来写外孙女的几个好朋友，变成小说，她们就得自始至终出现在文章里。

但我还是觉得太难、太累，人都老了还扑腾个啥？一边在研究别人的小说一边还是想着放弃。这时女儿来电话了，她说妈妈我们试试吧，不试一试怎么知道就不行呢，我们一起努力吧。

11月下旬在北京开作代会，与左昡在饭店相约，我们真是气息相通的两个人，谈话很快进入高潮，两个忘记年龄的重庆妹子说得激情澎湃，两眼放光，开水喝了一壶又一壶。和上次一样，左昡走后我觉得喉咙都说痛了。

我用自己对小说的理解依葫芦画瓢把已写成的前三章，每章约五千字发给左昡，以为会得到表扬。结果把左昡笑死了，要不得要不得！她说儿童小说要单纯，现在这样太乱了，最好每一章起个小标题，围绕着标题写，同时每章两千至三千字比较适宜。她甚至在第一章中还具体标出了两个建议的题目：《斑斑这个女孩》和《二十个纸箱一个家》。并用红色把该删该添的地方勾画出来。她还建议把第一人称改为第三人称，因为第一人称适宜心理描写，而儿童小说不需要那么多心理描写。

我看了左昡的意见立即感受到，真不愧是读过博士的专家，有见地有水平，同时又是一位非常敬业的编辑。我敬佩这样的编辑！想想自己在出版社工作三十年，稿件如山，看过之后几乎都是能用就用，不能用写封退稿信就是，哪里像这个左昡，硬是按住一部很不像样的稿子磨呀磨呀磨。我真是心服口服！改，那就再改呗！

儿童小说五万字一本最合适，现在这一稿已经超过七万字了，行，就请编辑删吧，删总比增容易。我仍然以第一人称在写，试了试，用第三人称硬是把自己带不进去。这一次左昡的意见是：还是用第三人称写更好。另外，她不想删，她说都是干海参，舍不得。倒是有的地方仍然没写够，让人看着不过瘾，再试试，写到十万字出成上下两本书，没问题。

是的，仔细看看确实有不少段落线条太粗，值得改写。

2012年2月上旬终于完成了十二万字稿，这一次似乎有用尽全身力气的感觉，就是说，我能做到的就是这样了。

许久没有的轻松、快乐，同时又是从未有过的忐忑不安。之前曾请教过余德庄，知道了小说除了有人物有故事，还要有矛盾有冲突。那么我们这些文字从本质上看它究竟是不是小说呢？这个小小的十岁主人公又会有多大的矛盾冲突呢？左昡又会提出些什么我想不到又做不到的呢？电子稿在电脑里存放了五天，不敢发出去。

于是打印了一份，特地去了一趟文联老楼，请余德庄看看。

得到了余德庄不小的鼓励，他看得很细，还拎出了一些错别字和因人称变动而未改到的"我"字。朋友的肯定多么重要，当晚我就把稿子发给了北京。

一周后在焦急的等待中飞来了左昡的短信，她说："很高兴离我们想要的越来越近了。"

这不是我盼望中的短信，越来越近是多近？人称也改了，能写的都写了，一时间我们山穷水尽了。

2月25日左昡在雨中空降我家，随身携带的笔记本电脑上写着她将要与我交谈的具体意见，一到我家门口才想起电脑呢？箱子呢？原来比我更急切的左昡下车就跑，竟然把箱子丢出租车上了。儿童文学编辑，犯的都是儿童级别的错误。更让人哭笑不得的是，上车时她妈妈再三叮嘱："不要把箱子弄丢了！"

幸亏有一张小票，票上有车牌号，幸亏那天是周六，儿子在家，结果一个上午，由儿子负责电话寻找并去鹅岭取回箱子，我和左昡如入无人无事之境，继续我们的第三次交谈。我们依然是激情满怀，忘了时间忘了一切。左昡首先肯定了稿子，基础甚好她绝不会放手。但还是觉得挖掘得不够，删哪儿都可惜，所以只能增不能删，比如斑斑的家里人，写爸爸妈妈的只是蜻蜓点水，外公外婆只字未提，她再次建议放开写，不着急，写成三本四本五本都行。

我问如果满分十分，你打多少分？不等她回答，我抢先说我自己打了九分，其实我是打了九点五分，出口时留了点儿余地，结果左昡说她打八分。

才八分！那两分哪里去找哇？

"你是不是觉得我太弯酸了？"左昡笑问。

是的，弯酸。此时此刻，没有比这个重庆方言更准确的了。完全就像买股票，从一开始就被一点儿一点儿套进去了。

这一次卓有成效的是，我们确立了小说的几个关键词：儿童励志、友谊、中国女孩儿、美国小学。有了关键词就有了书名，一致决定由原来的《斑斑上学记》改为《斑斑加油！》。

突然一看时间，12点半了，这位从北京来的客人，居然连重庆小面都没吃上一碗，她要忙着赶去机场了。金汤街并不宽敞的街道上站着不少等出租车的人，一辆两辆三辆，都没能轮上。又一辆出租车刚停稳，一个女孩儿拉开前座车门，我确实比她晚了一拍，但我拉开后车门一把将箱子塞了进去，为左昡抢占了这辆出租。车开出了几米远，那女孩儿站在路边看着我愤愤不平地说："这个婆婆哟，太不讲道理了。"

3月底，我交出了一份十八万字的书稿，左昡出国考察了，书稿在信箱里安静地等着她。

十天后，短信来了："我已经看完了，这次的稿子很好，我很兴奋！而且还很感动。没有想到这个新作者老学生非常谦虚，非常能接受意见。且有较强的领悟能力，一点就通。"她原本认为还有半年才能完成，结果作者跳跃式进步，几跳几跳就跳到了她的面前。

左昡不再要求什么，而我自己像是改出了感觉，主动申请再改一遍。因为已改过、传过多次，乍一看都差不多的，怕弄混了，所以我特地在短信中说："记住审读时用4月18日发去的这份稿子。"

4月29日，左昡第三次光临我家，带来了图书出版合同。她说她的总编因要参加5月初的伦敦书展，已提前读过，读完后决定列入选题，要她立即开始图书出版的各种工作，包括按程序三审、校对、宣传、找最好的封面及插图画家等。我们的谈话依然是激情四射，抢着说，滔滔不绝。依然是12点半，我邀她一起去品尝最地道的重庆火锅。她说回重庆只有三天，妈妈等着她回家吃饭，今天妈妈做的是姜爆鸭子。

左昡，比我女儿还小几岁的左昡，由衷感谢你！你培养了一个比你妈妈年纪还大的儿童文学新人。

鱼要回家

1

英文直译喀拉拉斯卡，加拿大圣劳伦斯河的一条支流。

这是三文鱼洄游季，我们去看鱼。

我们将沿着喀拉拉斯卡河逆流而上。

鸥！成百只鸥鸟在离停车场二百米远的地方盘旋。那就看鸥去！看了鸥再看鱼。鸥也是我喜欢的多次出现在书中、图片中的漂亮鸟儿。

没想到鸥是引路人，几乎没走一步错路，就到了小河口。河流过于平缓，只能称作浅滩。七条八条死鱼烂鱼横陈其间，空气中有一股难闻的鱼腥味儿。

死鱼就是洄游的三文鱼！

洄游的三文鱼？怎么第一眼见到的就是死鱼？我知道它们是从遥远的大西洋回来的，回到家乡来繁殖后代的，已经走了数月，行程万里。躲过了数不清的狂风、巨浪，人和鲨鱼的追击。我十分惊异并纳闷儿着，在上亿立方公里的海水里，它们怎样就能嗅出家乡的方位？神奇的生命密码，隐藏了一只怎样的精准罗盘仪？先是回到圣劳伦斯河安大略淡水湖里，再回到出发时的这条支流而绝不是隔壁那一条，历经千难万险，现在终于到了，到家门口了。

到家门口了，鱼却死了，死在家门口。死在长途跋涉的体力透支中，死在扑面而来的家的气息中，死在意志力的短暂松懈中。

具体地说，死在这群鸥鸟，这群流氓、凶手、拦路打劫者的贪婪与饕餮中。

鱼要回家！鱼只是累了，想在村前那块大石板上喘一口气，鱼还没死。而成群的打劫者就在此候着，专挑那些体弱的放松警惕的下手。它们趾高气扬地踩在鱼背上，啄！使劲地啄！啄出鱼腹里的心肝肺肠子。离我视线最近的那一只，已经吃得大腹便便像一只肥母鸡，它还在吃，吃，那吃相极度无耻，让人恶心！

这群徒有虚名的鸥鸟完全不打算远飞，它们已经与风浪无关，与飞翔无关。

2

活鱼在哪儿？有！黑黢黢的，好不容易看见了第一条，接着第二条、第三条。不能想象这就是肉质红润如花细腻如雪的三文鱼。鱼在浅水里游得好吃力，很久才能移动一点点。

顺着小河往上走，岩石形成一道约四十厘米高的坎，水流集中至此变得湍急，对于一条鱼简直就是一道小瀑布了。没想到这里已经聚集了二三十条鱼，一条接一条往上跃，所说的鱼跃龙门就是这样子吧！

运气好的一次就跃上去了，并以极快速度摆脱险境。只要看见水中突然划过一道银色小闪电，准是又一条鱼跳跃成功。运气不好或跃不上或跃上又被水冲下来的鱼，绝不气馁绝不放弃，在漩涡里稍事歇息调整呼吸又来第二次。我们在第一道坎就足足站了四十分钟，鱼每跳一次，我手心里的汗就抓紧一次。

又一条鱼上去了，但被水流冲下来一半，忽然听到一声熟悉的乡音大喊："稳倒——稳倒——！"原来是一位来自四川德阳的游客。

往上望去，三百米远处有一座桥，桥上站满了看鱼的人，从小河口到桥有七道这样的坎，每道坎前都是鱼群聚集之地，我们无一例外都要停留半小时，还不舍离去。就这样走走停停，到了桥上已近正午。

桥上人多是有道理的，桥下这道坎是比前七道都更难跳过的坎。这道坎高有七十厘米，右侧石头嶙峋胜过刀锋，但在鱼群经过的左侧，石头已被三文鱼的肉身磨得光滑如绸，连青苔也不再生。

3

没法全程跟随，我们只好驱车沿河而上。

一大片红里透亮的苹果让我们停下车来，这是长在河边的野苹果树，因空气纤尘不染又无人采摘，显得格外美丽动人。我们忍不住摘了几个尝尝，甜，略酸，略涩，肉质略粗。许多熟透的红苹果落进草丛和水里，让这段河水发出微微发酵的酒香。

河里有好几十条鱼缓慢地游着，它们很享受的样子，这是它们家的苹果树，它们在幼年时或在它们父母的遗传因子里就闻过这种气味。记忆里的气味。

水边的浅滩上有一条鱼，鼓动着腮帮很吃力地呼吸，它还没死，还没有白腹朝天，但它一定听见穿黑袍的牧师在为一条要回家的鱼念祷告词了！

女儿忍不住说了这样一段话："宝贝！你都游到这里来了呀，你已经跳过了九九八十一道坎，躲过了鲨鱼和凶残的鹭——我们一致地不愿再称之为鸥——的追击，你是小鱼雷，你应该在深水里和你的同伴一起朝着一个方向前进，怎么就遛弯儿了呢？你是迷醉于、迷失于野苹果的香甜气味了吗？"

这是一条个头儿偏大的鱼，接下来女儿和她老爸一起把鱼抱起来，放入深水里。大约十分钟，鱼缓过神来，加入小鱼雷的队伍，我们很快就看不出是哪一条了。

正要上车，见树丛中钻出一个外国老头儿，鬼鬼祟祟的。他手里拎着一个包，沉甸甸的，还在动。他迅速把包放进汽车后备厢，迅速开走。那一定是鱼，他偷了鱼。是的，这条长长的小河，平缓，所谓深水其实并不深，要捉几条鱼简直易如反掌。何况这是价值不菲的三文鱼，一百元一斤的三文鱼。

但是，人哪，你怎么能拦路打劫一条要回家的鱼呢？那样的庄严感仪式感你感受不到吗？你不觉得这些鱼有若神灵？你不知道从决定回家开始，三文鱼就是含着泪的，海有多辽阔，三文鱼的泪就有多辽阔！海有多深，三文鱼的乡愁就有多深！

鱼要回家！鱼不能搭乘飞机、火车、汽车、摩托车，鱼就是自己的轮船，鱼一踏上回家的路，尤其是一回到淡水区，就不吃不喝，一路燃烧自己的脂肪蛋白质，当能源！当发动机！

4

再次驱车至大坝。大坝，不知什么年代人工修筑的大坝。这里才是观看三文鱼洄游不可不来之地，这里已经聚集了上百的人，上千的鱼。

我终于明白什么叫浩浩荡荡，什么叫千军万马了。先前看见的，只能是散兵游勇，这里才是集团军。能走到这里的鱼个个健硕无比！

大坝五六米高，人为阻隔了三文鱼回家的路。在前面几道坎时我还独自念叨着人完全可以把嶙峋的石头磨一磨，把太浅的浅滩掏一掏，有路人听见了回答我，人要的就是遵从自然法则，优胜劣汰嘛。

不磨不掏也就罢了，还人为筑起一道墙，这不算遵从自然法则吧！当然，人也在大坝左侧开启了一条约一米宽、一米五高的鱼的通道，鱼必须奋力跃过，不，应当说飞过这一级台阶，才能到达上一个平台继续回家的旅程。在通道下方的水泥边沿贴有胶皮，让飞不上或飞上又滑下来的鱼不至于划伤肚皮。人在做了对不起鱼的事情后总算有一点儿微不足道的补偿。

这才是真正的鱼跃龙门，第一道坎时我就以为是龙门了，实在是目光短浅。一场真正的体力与智力大比拼现在才开始，比拼科目就是一举飞过这只有一米宽却有一米五高的水泥墙！一条聪明的走运的鱼，一次性成功了。另一条已经跳到平台上，由于没有力气迅速游动又被河水冲了下来，两条三条方向感出现偏差，几次都碰到两侧墙壁上，又被反弹到河水里。

更多的是这些傻傻的一次一次往大坝上撞的愣头青，方位错了就一切都错了。它们锲而不舍地撞，直到撞得自己头破血流。

我们的旅行到此为止，而三文鱼回家的路，仅以这条小河为距，才走了三分之一。这是一场何等气势浩然让人震撼的回家之路哇！没有笛声，没有喧闹，没有敲锣打鼓，静静的河水静静的三文鱼具有令人类惭愧与敬佩的品质。

一对中国老夫妇站在大坝上滔滔不绝讲述三文鱼的故事，他们到加拿大已经二十年，对三文鱼情感深厚，因而成了保护三文鱼特杆志愿者。老人们并不赞同我们救鱼的善举，他们更崇尚优胜劣汰的自然法则。但为了阻止人们捕食三文鱼，他们不顾口干舌燥一直说一直说，不说情理，而是反复强调这些鱼历经数月艰难跋涉，自身养分消耗殆尽，肉质已变成木渣样，既不营养也不鲜美。对于不重精神只重物质的一类人，他们一定觉得这样说更好。

5

以下并非眼见，而是志愿者老人对我们实施的科普教育："三文鱼最终回到的家是一片水面开阔、水流平缓、阳光充沛的池塘。三文鱼到家后顾不上休息，立即成双成对在水底刨坑、产卵、授精。"那时三文鱼全身通红，"一池的红莲如红焰"——想起余光中的诗！如果你仅仅以为这是绚丽之诗、壮观之美就错了，此时你应该听见，燃烧的池塘正在演奏柴可夫斯基的《悲怆交响曲》，三文鱼为繁殖下一代正进行生命的最后一搏，它们竭尽全力致使全身血管破裂，在完成产卵受精后雌雄双双死去。

池塘边，野苹果树全身颤抖

黎明在静静地融化

　　怀着对三文鱼的敬意以及还想了解更多的渴望，便去了百度，以下数字是抄的，文字是自己的。每对三文鱼可产四千粒鱼子，经过一个冬天的损耗，数目大减，比如飞鸟啄食、别的鱼类吞食，还有饿了一冬的熊，早早等在解冻的小河口，用它那大熊掌一把一把将鱼子捧进嘴里。来年春天，约八百条小鱼孵化出世，顺小河而下，游向安大略淡水湖、圣劳伦斯河，约二百条能到达大海。四年后，它们经历无数艰险，长成约三公斤重的成熟三文鱼，约十条能走上回家的路，最终到达出生地的只有两条。

　　圣劳伦斯河有无数支流，我们碰巧到了这一支，我记住了有点儿拗口的喀拉拉斯卡。就像大地上有无数纵横交错的道路一样，归来的游子远远就会看到青山绿水间自己家的那一缕炊烟。

前桥散记

1

日本，前桥，诗人大会在此召开。为什么选择前桥，而不是东京、京都、大阪、神户这些我们耳熟的地名，抑或是多雪多天鹅的北海道，多山多舞女的伊豆。

我特别希望在伊豆，川端康成的伊豆，那是一片令人迷醉的文学圣地。

而前桥仅仅是群马县下属的一个市，是我们完全不曾听说过的小城。

一到会场我就明白了，报到时送给每人的小礼物中有一件印着头像的文化衫，那头像不是歌星，不是影星，是一位诗人。

萩原朔太郎，出生于前桥的诗人，在日本被看作是开创现代诗歌的鼻祖，相当于中国的胡适或郭沫若。今年正好是他诞辰一百一十周年纪念，选择前桥，具有文学史的意义。

在前桥，专门建有萩原朔太郎桥和文学纪念馆。馆内陈列着有关诗人的一切档案。他的第一部也是让他一举成名的诗集《月光》被译成英、法、德等几国文字，以自由民主的思想，随意抒情的长短句，走出了日本古典诗歌的樊篱。我们能从夹在其间的汉字去猜测其意。

2

各种肤色，各种服饰，各种文字，各种语言，聚在一起，各发各的光。这是当我走进开幕大厅，与来自世界各大洲的四十二个国家，七百余位诗人坐在一起，得到的第一印象。

日本妇女见人就低头鞠躬，作训练有素的微笑状，十分谦卑。过去在电视上见过不少，亲临其境，更觉繁缛。在市政厅接受市长邀请的晚宴之前，全体诗人须先在前厅休息等待。前厅不大，日本女诗人已先一步到达，竟毫不谦让地占完所有桌椅，悠闲自得喝着饮料，外国朋友们只得东一堆西一堆站在一边，找不到一个座位。

3

野外诗歌朗诵会，就在萩原朔太郎文学纪念馆前的萩原朔太郎桥上。垂柳依依，清风徐徐，空气洁净而澄明。

百名诗人既是听众也是朗诵者，均不做翻译。一位盛装朝鲜服的韩国女诗人声音高亢而苍凉，长长的尾音总往上翘，吸引我努力去感受那个美丽半岛的风土和历史。一位印度老诗人，着白袍，白发齐颈，长白胡子光洁顺滑，很有秩序地分成八字，成为他脸上最为生动的部分。他的朗诵全是唱，唱腔似带着恒河的泥沙以及女人的纱丽和叮咚的鼻饰。遥想诗翁泰戈尔，不知当年他是否也这样吟唱自己。

印象不好的是一位日本男子，各种大号小号笛管手风琴伴他上场，他的声音和动作都极近歇斯底里，脚跺，手劈，并不断吐出一个字的单词，令人产生愤慨的历史联想。完了有人将一束已献了几次的鲜花献给他，摄像机亦赶来采访，这男子一脸光辉。

4

今十和典，他过去译过我的诗作，此次到日本，我们才第一次相识。

他家住横滨，专程赶到东京成田机场迎接老朋友野曼和陆萍，我们跟着受益。从机场相见的那一刻起，他对我们就关照有加，乘车、住店、进餐、开会，无一不亲自带领。有困难，他解决了。可能会遇到的困难，他事先想到了。会议期间，他主动为我们订好了从前桥到成田机场的汽车票，这是需要提前预订的，而我们不懂，完全可能耽误飞机。

会议期间给每一位中国诗人安排什么样的小组活动，朗诵什么诗，谁排在谁的前头后头，也都由今十和典来办。这个小个子的日本汉学家、翻译家、诗人，博学而富有人情味。

听说日本学生酷爱《西游记》，老师也将孙悟空、猪八戒等作为教学素材。今十和典是汉学家中的佼佼者，他已经数十次到过中国，对中国文化和中国诗人有着深厚的感情。今十先生能从语言学和社会学的角度准确理解中国文字的含义，吕老师随口问他太平门和太平间是不是一回事儿，他说不是，然后说出之间的区别。

5

会议的主题是：诗歌，人类与自然。

这是一个庞大的题目，如何得以体现呢？大会发言采用同声翻译，戴上耳机，就能听到各国诗人代表的发言。这样的大会虽然热闹，并不能深谈。各国发言人所谈问题似乎都只是进行本国文学、本国诗歌的启蒙教育。比如关于中国诗歌，发言人是一位在日本教中国文学的教授，他讲唐诗，唐诗中的李白、杜甫，很表面地讲。四十分钟发言，有一半时间放他朗诵李杜诗歌的录音。20世纪末，各国诗歌究竟发展到了什么阶段，诗人面临怎样的选择和困境，谁都没有涉及。

倒是映像诗令人耳目一新。映像诗，诗歌的MTV。日本著名诗人秋谷丰先生的《山河憧憬》以及一位日本女诗人的《樱花》，我们从夹在其间的汉字琢磨诗意。映像诗画面之清晰，拍摄角度之新颖，使人忘了诗歌，叹服高科技。当月下的樱花树呈银色浮雕，那状态、那效果无疑给诗歌披上了一层神奇的外衣。

整个会议最引人注目的诗人当推李白。台湾诗人将李白的《将进酒》狂草于十米绢布，成了一道独特的风景。有人就在一边摇头晃脑地吟唱。李白诗歌逶迤俊奇，充分表现出汉字的弹性和韧性，作为中华民族的瑰宝，令世人瞩目。

6

前桥市，仅相当于我们一座县城，却拥有一座能容纳数万人的演出大厅。灰黑色天幕下的场子过于宽敞，然而音响效果上佳。第二天日本报纸说"前桥薪能"让观众魅了，其实真正魅了我们的是这用高科技修建的大厅。

一群男子一边唱一边登场退场，唱腔没有高低起伏，相当于说话。然后三位拖绣花木屐、穿鲜艳和服的女子以极其慢的步子出场，看得心里发急。她们戴上类似艺伎的面具，粉脸红唇，面对观众，没有表情。观众们表面很礼貌地坐着，内心烦躁不安。一位台湾来的小姐忍不住半途退场。

回来后，我在读一篇日本散文时方知，能，是日本古典乐剧，也称能乐，少动作，非常样式化。一位已故的日本作家写道："我不想去看能的舞台，因为和我们失去直接联系的表现和唱法，即使沙里藏金，我也无法为等待那一粒金沙而忍受折磨。"

7

前一阵在中央电视台《焦点访谈》中，看到关于中国青年对日本态度的调查答案，有不少人认为最应该向日本学习的是高科技，日本人最值得学的是敬业精神。

我赞成。有两件小事给我印象很深：我们每日乘坐的大巴车总是提前五分钟停在宾馆门口，不早一分也不晚一分。服务小姐站在门前，向乘客鞠躬，说文明用语，对五十位乘客，五十次递上有质量的职业微笑。从会场到朗诵会的路，为了给外国友人以方便，他们采用了最原始的办法，十米一岗，着统一绿色T恤衫的男子站得笔直，举着"野外朗诵会"纸牌。让壮年男子来做仅仅是指路的事，且做得一丝不苟，这就更加值得赞赏。

会议结束，安排参观日本森林，在清澈透明的空气中，满眼苍翠扑来。高山湖泊撒上一片银色粉末，发出炫目的光亮。在特别陡峭之处，我看见用水泥做出的小方格，以值得观赏的图案将可能滑坡的山体护卫得完好无损。街上，凡梯坎，就有地砖折叠出的缓缓的坡度，就是说，拉着行李箱，可以满城走。

8

一个镶花的黑漆木制饭盒，很精巧地盛着一块熏鱼、一点儿米饭、一点儿生菜、一点儿染成绛紫的泡菜，它似乎不是让人吃的，而仅仅是让人看的。这顿最有特色的日本午餐，是在鲜花公园享用的，它预示我们将欣赏在日本最精彩的压台戏。

五个巨大的花球站成一排，先生们忍不住和女士抢镜头。由于用地狭窄的限制，鲜花公园并不大，因此力避纷繁杂乱，显示出简洁与朴实，把各类鲜花种植得极有规矩，极有章法。我们一步一景，一步一叹，就像走在明亮干净的套间里。家具不多，说不上豪华，但非常讲究。

阳光明媚，微风习习，徜徉花地，竟感觉是一群日本妇女穿着和服，摇动碎步向我们走来。这是日本礼仪的体现，是日本纤细的哀愁的象征，有祭祀的情调。我们在欣赏鲜花的形态时，能慢慢领悟到一些超越人类理想的东西。

顺着鲜花大道往里走，在一坡紫色、一坡红色、一坡金黄色的后面，是完全对称的石梯、石柱、石拱门以及摆放在石台上的花盆。花草被赋予非自然的、几何学的形体，我们在赞叹创意人的智慧和学问时，不由自主地联想到中国古典诗词以及日本俳句，它们都有严谨的格律，在维护规则的基础上获得自由。

9

回来后，得诗数行：

市政厅门前的广场

鸟儿跳来跳去，一如热闹的动词

道路嗡嗡作响，花瓣纷飞

一如穿和服摇碎步读俳句的女子

满世界诗意盎然，诗人聚集

围困在语言的礁石中

难寻一二知己

海顿旅馆散记

1

我住在玛利亚大街上的海顿旅馆。

海顿，就是被称为"交响乐之父"的海顿。

我是晚上被小车送来的，旅馆经理笑容可掬，对我说"到了这儿就像到了家"。他不是奥地利人，微黄微黑的皮肤让我感到亲切。

土耳其男侍领我上楼，为我送来全套锃亮的餐具，问我要喝咖啡吗？要喝橙汁吗？要吃冰激凌吗？

谢谢，我暂时什么都不要。

屋顶很黑。过了好一会儿才蓦然发现我的床正对天空，四块倾斜的大玻璃是窗也是屋顶，犹如置身旷野。躺在床上看天，看久了便看出了一颗星，三颗星，接着更多，数不清的星。

我是最早亮起来的窗口，醒来一看才5点。迎着早祷的钟声出门，音乐已经在教堂奔流，并迅速溢满大街。一只鸽子在对面烟囱顶上咕咕地叫，那声音旋涡似的发出早晨才有的光。海顿塑像和海顿教堂就在旁边，三位一体，组成对大师的怀念。

每天夜里，总觉得空气中有钢琴声回荡，便想起1809年5月的维也纳，拿破仑的炮声步步逼近，居民们转移到安全地了，此时，奥地利国歌自一个钢琴飞出，安详的节奏，庄严的曲调，飞到空中与隆隆炮声相对峙。这是怎样的一种雅致，一种无畏，一种泰然自若呀。这就是七十七岁的海顿，他瘦小的身躯，包容了如此巨大的尊严。现在，我住进海顿住过的房子，顺着高尚人格的指引，踏上大理石洁白的台阶，每一步都犹如踩在海顿的巨大琴键上，我怎能不夜夜听见琴声？

2

海顿旅馆有极好的餐厅、会客厅、日光浴场，室内种满热带林木。

早餐，一面喝咖啡一面看电视，一面用餐巾沾沾嘴角，先生们、女士们，姿态何其优雅。

避不开的早间新闻，满屏皆是战争。在奥地利南面的国家，一个老人和一群孩子被炮弹击中，树叶一样从荧屏落下。还有那些抽搐的脸和血，与桌上涂满黄油和果酱的面包何其相似。我感到胸闷、胃痛、心痛，突然就觉得吃不进去了。

邻座的女士，示意老板将电视关上，她姿态优雅表情漠然地斟满橙汁，切开第二片面包。

服务员小姐总在下午为我整理房间，她大约二十岁，皮肤洁白，人很高、很漂亮。跪在地上一丝不苟抹洗卫生间和厨房，显得手臂和腿都过于修长。在维也纳这个艺术圣地，她不属于艺术，不跳芭蕾舞，那么，艺术还有什么道理。

莫名的就觉得是我对不起她似的。每每向她一笑，她也投以一笑，一笑就脸红、羞涩，在维也纳整整一个月我唯一见到的羞涩，深藏着一种自卑的羞涩。

后来我知道服务员小姐是从巴尔干半岛上的国家过来的，就什么都明白了。这个多灾多难的巴尔干半岛上的国家，正经历无休止的炮火的蹂躏，每年逃到奥地利来的难民就有两万人。他们寄人篱下，大多处境艰难。

3

维也纳大学中文系学生马蒂亚斯和他的女朋友来电话，叫我赶快下楼，一起去看马术表演。

市政厅前的广场，十天前就开始布置，广场中央铺着厚厚的沙子为舞台，左右两侧用钢管和木板搭成架子为观众席。

9点整，一声号响，表演开始。平时看上去外表灰白的市政厅，灯光中透出镂空的建筑空间，特别富有艺术感染力。

十一个白马王子骑着十一匹高头白马，并肩执鞭，缓缓入场。人和马一样气宇轩昂，风度翩翩。风的小蹄，任意捅开市政厅一扇小窗，便有一汪铜管乐，从三十米高的阳台涌出来。

白马王子以骑式、手牵式表演马的独舞、双人舞比及集体舞。蹄声点点，踩着准确无误的节拍，像钢琴家的手指，刚健而轻柔。在独舞和双人舞中，白马跳跃、旋转，不时来一个高难动作，双蹄腾空，倒踢紫金冠，引得全场炸了似的沸腾。

压台节目则是八匹马的队形变换，方形、圆形、穿花、回旋，最让人忍俊不禁的是一排斜线平分舞场，马眼睛朝一个方向斜睨着，小蹄子交叉着，铜管乐奏起《卡门》，大家就跟着拍手。白马懂得观众情绪，面露微笑，翘起嘴角妩媚的线条，越发会做表情。

维也纳赋予它的马以特殊的情感和美学，近于宗教。这当然不是翻山越岭驰骋疆场那种马，它们早已不吃山坡上的青草，不喝山涧的溪水，它们是养在皇宫，吃沙拉喝咖啡长大的马。

回到房间我迅速记下当晚的感受：维也纳的马／会跳芭蕾舞的马／近似于瓷、于玉的马／一抹鬃毛银月般掠过夜空／透露出／与维地纳一样的骨子里的贵族气。

4

要进我的房间多么烦琐。

乘窄而小的电梯上七楼，穿过走廊的一半，往左，开门，锁上，进入小会客厅，往里，左边一面大镜子，两盆绢花，再右拐，至第二间，方是我临时的住处。

不留神眼睛往左一瞟，掠过一团飘忽的影子，怀疑是什么人，静静一看是自己的影子。心里一鼓捣一害怕，就总是打不开要扭两转的门锁。

住了近一个月，没有碰见一个邻居，我的不安全感却有增无减，甚至被弄得有点儿神经兮兮的。

夜里参加朗诵会回来，我要塔尼亚将我送进房间再走。

夜里看马术回来，我要马蒂亚斯将我送进房间再走。

送归送，他们却不明白，怕什么？为什么会害怕？顶楼，又是两道锁，没有人，不是最安全的吗？

我说我就是想看见人。

一进海顿旅馆底楼的大门，一股热烘烘的气味扑来，是奶油、糖、香精与来苏水（我怎么有这种感觉）混在一起的味儿，一闻这味儿我就后退，我终于明白，我的不安全感原来来自一种气，一种味儿，一种抓不住的东西。怎么解释？难道气味也会攻击我吗？

一次中餐宴会，大家围桌而坐，一菜献上，众筷齐举，指向一个中心，融融洽洽。塔尼亚看见满面怡然的我，一笑，说："我知道你为什么害怕了，兴许就是长期置于中餐一样的氛围和环境，获得了一种集体主义观念。如今将中心交给自己，手足无措，找不到自己了。"

明天我就要回国了，我在海顿旅馆度过了美丽而凄清的一个月。整整一夜，我双手插进黑发，插进我黑发里的家。

汉字的魅力

是的，在异国的土地上，我是第一次没有异国人的感觉。韩国的一切让我亲切。这种亲切感首先来自黄皮肤、黑头发和轮廓不分明的脸，更来自众多的夹在韩文中的汉字，诸如"朝鲜日报""中国料理""庆祝""解放""现代"等。它们闪闪烁烁站在街道两旁的广告牌上，像有意安排的中国导游，在异国他乡为我们指点迷津。

文字一样，意思一样，读音却不一样。高丽大学中文系博士生张同学和赵同学各为我们担负起前后一半的翻译。汉江上有二十多座桥，而我们的语言交流只有一个翻译一座桥，人人都急着要过河，那激情和喜悦就时常涨红在脸上，找不到一个出口倾泻。

主人金镇植先生（他既是京畿道作协主席，又是银河出版社社长）朴实厚道，常常笑眯眯走到我们当中来站一站。去大田科学宫的高速路上，他从大客车的后面移至前面，与我们并排而坐，我看见他眼睛里有千言万语，又说不出来。

他终于用他深厚的中文底蕴造了一座桥——笔谈。他写一句，我又写一句。满满一纸，正面反面都印下墨迹。最后他当作纪念品，揣进笔挺的西装口袋里。当晚回到水晶宾馆，意犹未尽，便继续。如果连接起来，稍加改动，就是一首诗。

笔谈一入佳境，就有了乐趣。它似乎并不是因为发不出对方的声音，倒像是老师在讲台上，学生要讲话又不敢，只好悄悄用笔写一样。它有说话不能传递的乐趣。告别于金浦机场，没纸，急起来了，就写在手上，那圆珠笔浓重的油芯，留在手背上就怎么擦也擦不掉了。

当然，与金先生笔谈最有意思的是在一次晚餐上，我鼓励他"现在你去敬酒，你是无敌天下的大将军"（因为饭店门口就写着"天上大将军，地下女将军"的对联）。我和同行的蓝老师已往酒瓶里灌满矿泉水，他喝了一口，大笑，他知道他肯定所向披靡。

笔谈如此快乐，怎么也要得诗数行，作为一首诗的酵母，回去后写成诗。

有一张同样被称为黄色的皮肤叫首尔

有一件同样的东方丝绸

走在异乡的大街上……

掠过车窗

青青的一抹，是我诗歌的颜色

先生，这条高速路不用翻译

丝一样的光

纷披在我肩上

先生，我就成了灵感和语言

成了隔壁邻居家的鸟声

我的手臂已长满韩国稻谷

呼呼的风声

已吹高中国汉语……

金先生和他的文人朋友们，不仅能写许多汉字，并能感受到汉字中那些微妙的情致和不可言传的魅力，在快乐之外，便有了更深的意义。在安山市文协设立的午宴上，一位长者说中国有两道万里长城，一道是看得见的秦始皇那时修的，一道是难写的汉字。而他们大多能随意地、默默无声地搬动其中的砖块，理解为什么那块砖就一定要放在那里的道理。

特别值得一谈的是我国的儒学。儒学可自诩为世界上所曾出现过的影响最大的人类思想体系之一。千百年来，不论传播到哪里，都可以与当地的宗教携手并存。儒学不仅在韩国确立自己的地位极早，而且被韩国人民热切地、一丝不苟地接受。

张同学带了香烟而不抽的故事已被同行作家写进了散文。韩国老年人与年轻人之间的关系仍是以儒家社会秩序观念作为基础的人际关系。由于要保持长幼尊卑的辈分之分，年轻人或身份低的人不得在身份高的或年长的人面前喝酒或吸烟，谁要是不守这条，就是缺乏教养，就要遭到谴责。谴责可能很严厉，尤其在吸烟这件事情上。

而女人受到的限制更多，在家从父，出嫁从夫，夫死从子。女人的作用在"内"，即家内，家内是她的领域。我们曾有幸先后两次在两位金先生家做客，两位的夫人都是饭菜做好后，微笑着站在一旁，弄得我们很不过意。几次恳请，女主人都不入席。儒家礼仪若是出口转内销，我看是销不掉了。有人开玩笑说要在中国为张同学找个对象，张同学是汉学博士生，这主意无疑很好。而张同学连说"不不，中国女人更可怕"。他居然用了"可怕"这个词，同行作家都说是我留给的"坏"印象。仅仅因为我进餐时由于跪坐姿势很难受就悄悄把腿伸了一伸的小小犯规举止。

汉字传入韩国后，即在韩国上层人士中间迅速推广应用。他们仿效中国，采用考试选拔文官的科举制。应考者按命题作文，于是形成了完全是中国字的书法和汉诗。汉诗即用汉文写成的诗，遵守中文韵律的规则，只是作者是韩国人。

在韩国，如同在中国一样，书法已被认为是一种艺术形式。它源于汉字的书写，即使在韩国字母创造出来以后，汉字仍然作为传统书法体。我们所到之处，处处看见中国书法，像绘画一样挂在墙上，是欣赏，也是修养和地位的展示。这些字无论从用墨的轻重、布局的功力，骨骼、气韵等，都显示出激情、运动、刹那间的停顿和穿插交错的活力。高中教师金南雄家，客厅主要位置的匾额写着"安贫乐道"（他们家富贵华美之至，这四个字以强烈的反差惹得我们笑了）。只是那贫字写得既不像贫，又不像贪，我们给小小地纠正了一下。

来到金镇植的出版社，他办公位置上方挂着"良书是宝"四个字，而客厅的一幅，则是金先生去年访问中国时一位中国朋友所赠。同行作家在金南雄家临场献艺，我首先惊诧于金家平时就备好的笔墨纸砚——他们亦称"文房四宝"，是绝佳的上等精品，接着惊讶满座皆为知音。再接着便是一幅李清照词，醋畅淋漓地从笔下落墨，激起四围的一片啧啧之声。我想金家必奉为至宝，一千年后，也不肯拍卖。

当我在异国他乡，看到祖国的文字在一棵形象化的树中，一枝一叶、一笔一画显示出新的生命力，我好像就是这文字的一部分，浑身流动着它的血液。

这个黄皮肤黑头发的半岛，从我国东北部向东南延伸的半岛，多山多海水的半岛，说不清为什么它就留给我有家园般亲切的感觉。我不像异国人。这种感觉也许来自海底，有一支无法以年代计算的大陆架；也许来自土地，有灌溉了几千年的东方文化；也许来自情感，一种对韩国诗人的敬意。

汉江为何清澈

8月的汉江，碧绿而清澈，它缓缓地流淌，将首尔分为南北二区。

在南山的电视高塔，顺着玻璃窗转动一圈，我从各个角度鸟瞰汉江和汉江上的桥梁。它此时更远，更静，以一种透彻的存在，微微燃起我稀薄的激情。

我并不打算写它，虽然我知道自古以来，河流就对人类文明起着重要作用。它全长五百余公里，不算太长；它的名字也不像莱茵河、塞纳河、多瑙河更富有音乐性；更主要的是，我还没有走近它，没有真正了解它，我的手上没有沾上它的体温。

当金镇植先生告诉我们，是1988年的奥运会净化了汉江，它目前是全世界最清澈的江、水质最好的江，汉江没有污染，可以放心地喝，世界各国都有人来考察、来学习。我肃然起敬了。

我肃然起敬，因为我从金先生认真的脸上，知道这清澈二字，不是诗意的，而是科学的。它有标准有尺寸，经得起种种检验，可以像检验奥运会运动员是否服用兴奋剂一样去检验它。

我于是对汉江有了兴趣，很想知道它为什么说净化就净化，它怎么也是一条江啊。韩国在过去的几十年间，快速工业化使环境受到破坏，成为20世纪70年代严重的社会问题之一。20世纪80年代初，国家和人民对环境保护有了迫切的需要。政府一方面唤醒人们的环境意识，一方面制定并实施各种政策法规：譬如《空气法》《水质标准法》，都以具体数字严格规范。我想，这就是汉江变得清澈的原因吧。

我接着知道韩国人民历来对哺育他们的山岭、江河、海洋和四个季节表现出深挚的爱。始祖檀君，传说他的父亲本为仙人，下凡人间把一头熊变成女人并娶其为妻，生下了他，开始了延续一千多年的统治。这种传说不仅表明韩国人民的图腾崇拜，更可理解为一位神仙自愿下凡有其重大意义。那就是这片土地美丽如梦境，连神仙都愿意在这里生活，因此韩国人民对自己的家园十分满足和珍惜。

这种意识好比民族的根，高丽参的根，能歌善舞的根，月亮的根一样，它无时无刻不深扎于土地，飘逸于太空，像空气一样成为人们的所需。我对韩国的第一印象也应该是四个字：干干净净。水干干净净、树干干净净、房屋干干净净、女孩子干干净净。

现在我要说说大田科学宫了。当我们的大客车一尘不染地从高速公路飞驰而来，六十多面飘扬的旗帜似在表明1993年举行的历时九十三天的国际博览会盛况空前。那众多的各种奇特造型的建筑物定然是花巨资修建的，但也能从众多的参观者和永久性的设施中获得报偿。博览会强调科学教育，一个恰当的主题是"通向发展的新道路的挑战"。一队队少年儿童由父母带来，由学校组织来，他们从小就需要懂得：现代文明从根本上说应归功于科学。

博览会内容太丰富，有许多我说不出来。金先生的两个女儿一路小跑为我们购票，我们排队而入，跟在一群儿童的后面往里走。一张大屏幕，世界最大的屏幕，我经过它的面前，以为是一堵白墙。从墙的左下角缓缓移动，像一只盲目的蚂蚁。直到上了二楼，方明白是要看一部全景式立体声的大电影了。

那影片的长度以时间计大概是十分钟吧。第一个镜头很像长白山天池，不缺丝毫的偌大一个圆，碧蓝地镶在雪峰中间。接着一只蜻蜓的薄翼、一条垂下的藤萝、一个花蕾的蕊，均被放大到整个画面。来不及为那最微弱的生命祝福，镜头一转，飞旋的高山和牧场逼近眼前，那壮丽那辉煌真是无与伦比。说起来很惭愧，我对于我生活的地球，是在那时，那样强烈的声光效应下才有了些许感悟的。我突然觉得，我，我这个人，许许多多的人，怎么就恰恰聚集到了这个星球？我珍惜这一切，我感激一个不可知的美丽的安排，我的眼泪涌了出来。

忽然，音乐停止。森林大火，房屋大火，毁灭性的灾难就在一刹那，两个镜头，大约五秒。紧接着镜头再次一转，大片黄玫瑰伴着欢乐的乐曲开放，而我已不能跟随摄影师的镜头行进。我心中富丽堂皇的庙宇化为一片瓦砾，我的灵魂已被十分钟里的五秒击中。

我痴呆呆尾随孩子们走出展馆。张同学说这叫《绿色的约会》，是指这场馆还是这片子，我没有细问。因为我已经懂得这是一场人与自然的约会，虽然自始至终没有出现人的形态和声音。

作为诗人我时时不忘做形象思维的练习。我立即动手为绿色寻找各种各样的象征。我想那青青的草地该是上帝的杰作，是人类天天阅读的圣典；我想那森林该是飘过旷野的旗帜，人类将随它走进未来；我想那河流那海洋该是最优秀的物质形态，但它不能承受人类愚昧的袭击。在现代工业步步紧逼的严峻时刻，绿色，真是一种最深的孤独了。

至于那五秒，那一闪而过不易察觉的五秒，它深深地刻进了我的骨质。哒，哒，哒，哒，哒，就那么五下，却让我看到了在我居住的地球，我的家园所发生的一场最凄绝的格斗，再没有比绿色废墟更破碎的了。

可幸的是，有人发现了，有人震惊了，有人制成了影片，以《绿色的约会》向所有的人发出邀请和启迪。

我想起这些的时候，我仍行进在韩国儿童的队伍里，我和孩子们在同一时刻接受同一教育。至于最初的问题，汉江为何清澈，我不仅得到了答案，还得到几句不成熟的诗。

太阳一早爬上我的二十九层高楼 / 黄昏时落进青花瓷盘 / 一盘历史依次搁着高句丽百济新罗朝鲜 / 在汉江清澈的品质里 / 我看见了你几千年的倒影……

诗人之树

在澳大利亚什么印象最深？树——尤加利树！

第一次听到尤加利树，在墨尔本。司机小李指着两旁的行道树，讲出了这个可人的纯洁女子一样的名字。它树干铁红，木质细滑，一看就属于最光洁最坚硬的那种。尖细的锈红色树叶在下午的阵风中飘起，那种俏丽、俊逸和潇洒，像羽毛，更像马鬃。

驱车去菲利普岛，沿途是草色枯黄的牧场，也许秋天来得快一些，已全然没有了新西兰的绿。而尤加利树怎么啦，才出墨尔本不过一百公里，两百公里，它就这样残肢断臂，半截树桩嵌着黯黑色空洞，让旷野的风在里面打着旋儿。强烈的对比在诗意般的陶醉中突然袭来，令我猝不及防。我想起了一组电视画面：干旱、大火，12月的森林大火一次次把澳大利亚烧伤。还有俄罗斯、墨西哥、美国、中国、印度尼西亚、马来西亚，漫天乌烟瘴气，我似乎能闻到镜头烧焦的气味。这世界性的灾难，受难者，前沿阵地的牺牲者，首当其冲的总是树！

总是有边走边吟的毛病，很难一次成章，又很喜欢随意丢几个断句在路上：

从墨尔本到企鹅岛

列队迎接我的是这群

匍匐而不倒地的黝黑肢体

在特别蔚蓝的天空下

在袋鼠色的旷野

这类生态环境问题太宏大，最好暂时放下不去想它。我不能因其费解而黯淡了我向往已久的澳洲之行。

按照路线图，我们很快来到首都堪培拉——一座不大的城市，有着雅致迷人的田园风景，街道将城市勾画成各种错落有致的三角形、六角形、正方形和圆形。让人不可思议的是，城市一切建筑物都不准建造围墙，连总理府、国会、外交使馆也不例外。它因而进入世界二十大名城，就像水都威尼斯，沙漠古都开罗，音乐之城维也纳一样。它被誉为"不设围墙的都城"。

但是你与我，我与他，总得有什么隔一下吧，担负这项使命的竟然是树！在这里，树是装点，树是屏风，树更是文明和进步的纯洁体现。随着窗外景物的位置变换，在某一瞬间，有一个角度，如果车能停下来，如果有一架特别好的相机，又有特别好的摄影技术，一幅盖世杰作就诞生了。

层层叠叠的不可一世的灰白色树干猛扑过来！就在那一瞬，我以为它们死了。我在想那浓重的遒劲的灰白色是哪一位画家的油彩堆积？那没有肌肉没有毛发的灰白色是哪一位将军的骨骼裸露？那结实的矗立的灰白色是哪一群不可毁灭的意志体现？没有绿色、红色、金黄色，就像没有了任何凭依和衬托，这些树还算树吗？而它们的集体主义、英雄主义和勇于牺牲的精神又与幼小的我们在整整一个50年代接受的教育何其相似。

我这样想着想着，目光顺树干爬上树梢，多好哇，我发现了树叶，在树尖上！虽然只有一片、两片、几片。尤其令我惊喜的是，叶片形状与在墨尔本看到的一样，窄而长，尖而细，若一叶独木轻舟，正划过生与死的临界。一定是尤加利树！有叶作证，这些灰白色的树可能活着。肯定活着。可是刚才，一分钟前，你凭什么认为它们死了呢？我惭愧了。

这似曾相识的树，遂想起缙云山农场屋前屋后的柳叶桉，树干也是这样灰而白，叶片也是这样尖而细，揉碎的叶子有一股刺鼻的樟脑味儿，夏天用它熬水洗澡不长痱子。我几次想问这是不是桉树？桉树是不是尤加利树？一路上心里就揣着这个事儿，仿佛这事儿对我很重要，仿佛澳洲之行就为了这事儿而来，尤加利树究竟是不是桉树呢？

越野车在澳洲大地疾驰，奇花异草染满眼的缤纷，我却始终注目一种，它有时是高达百米的乔木，有时是旷野的小灌木，树干颜色各异，粗细不同，但相同的总是那片叶子。

最后，我们到了邻近悉尼的蓝山，又换了一个司机。司机说，整整一座蓝山都是桉树，两个司机说法不一，但富有特色的叶片已使我的问题得到回答。我确认就是一种树。终于到了尤加利树大本营，正规军又将拿出怎样的招数怎样的阵势来威慑我呢，我已经有了前三次的经验，我拭目以待。

车行至最高处停下，跳出车门，蓝山如缩小的四川盆地尽收眼底。令我瞠目结舌傻乎乎痴呆呆的是，到了大本营，却不见了尤加利，不见了树！只有一股蔚蓝色气韵，缓缓升腾于、弥漫于、飘忽于天地之间。

再没有什么好说的了，只能解开行囊，掏出汉语中的"生气勃勃""欣欣向荣""云蒸霞蔚""魂牵梦萦"，扔给它！

不可不画蛇添足地说一句，由于它迷人的梦幻气质，堪培拉的设计者、美国建筑师格里称它为"诗人之树"；由于它遍布澳洲，种类有六百多种，根可深入地下二三十米，叶子尖细有利于反射阳光减少蒸发，在干渴的澳大利亚方得以世代生息，因而被称为"国树"。

阿尔卑斯山上的一家

　　骑在阿尔卑斯山的余脉上，往西，从平原进入丘陵，进入山前地带。林木蓊郁，空气洁净得滤过一般。我不由得记起一本书中的文字：奥地利，像一颗绿色心脏，摆在欧洲的中央。

　　一个大盘旋，山势渐高，树林渐渐退去，将草地推向前台。说它是草，其实看不见草，只看见花，黄花，一片接一片的黄花。那色彩的交响乐随着道路有节奏地起伏，宣泄到了淋漓尽致的程度。是音乐的种子飘散，才开出绵绵持久的音符，让你一惊、一叹，就是一千里。

　　六个小时旅程不算太长，但即使这样一直走下去，我相信仍不能到达阿尔卑斯山的花的终点。我就在玫瑰旋律所置于的眩晕里，构思《莫扎特》一诗：让我乘草毯做的船去找你／乘金色四轮车去找你／你坐在钢琴和小提琴之间／一股圣洁的水／流过生满苔藓的篱笆和屋脊／浮雕的小天使／一手执琴一手执铲／十八世纪种子飘散／开出一大片花的五线谱。

这自然不是十座百座公园能比拟的，也不是人工能栽种的，更不是一个环境保护组织能倡导的。它只能是上帝赐予人类的礼物，只能是莫扎特，只能是一种状态，一团梦中的光。它可以分享，可以陶醉，却无法再现。

莱茵格贝尔在一个路口等待，地名叫巴德哥依斯恩。紧紧握手。一双长茧的大手，在柔软的音乐之乡，那双手不拉小提琴。主人健壮的体魄告诉我们，他是维也纳一所大学的体育教师。为了我们的到来，已提前两天来到这里。我们换乘他的车，冲上最后一个陡坡，一顶银色王冠在山顶开放，太阳光从迷蒙的带有毛茸茸白边的窗框反射过来。这是莱茵格贝尔的小木屋，一楼一底，像一则古典童话，在海拔一千三百米的阿尔卑斯山上迎候我们。

主人一年上山两次，冬夏各住一个月，他说阿尔卑斯山就是他的乡愁。室内设备应有尽有，尤以全套电器向客人提醒何谓现代物质文明。用电热水洗过澡后，可用电烤箱烘制最新的面包，可坐在电视机前看欧洲的足球，可抓起电话筒——我的城市快要醒来——径直拨通东方的黎明。地窖装满各种饮料和酒，可任其去取，主人已挨个问道，想来一杯柠檬汁还是葡萄酒？

都不要。就要一杯阿尔卑斯山上不经任何加工和提炼的天然泉水。色清清，味津津。

一个穿泳装的小女孩儿浸在泉水里晒太阳，她跳起来与我们拥抱，全身鱼一般水灵和皎洁。她就是主人的女儿开蒂，今年九岁。开蒂拉着我们就往草坡滚。梦如旷野，音乐与触电样的四肢纠缠，光、花朵、温馨缠绕在指尖，这是属于开蒂的海。随着她金发轻轻一摆，芬芳的潮汐，就一浪一浪往山上涌。

一行六人，又被她带领着，她和她父亲早已准备好另一片风景。踩着厚厚的落叶，我们走进了阿尔卑斯山为之骄傲的森林。森林是奥地利最重要的经济资源，它覆盖了全部国土的百分之四十。在紫杉、桧柏、槭树、榛树、松树组成的另一种节奏里，音符顺着树干扶摇直上，在阳光中荡来荡去。音乐，在这里感受到的全是音乐，开蒂，就穿着泳装，赤着脚，像一个快乐的音符在树林里奔跑。

我突发奇思妙想，开蒂，如果她还有六个兄弟姐妹，那不正好就是七个音符了。可爱的开蒂，给我灵感给我想象，我真的觉得，音符其实长的就是开蒂这样子的，有鼻子有眼活蹦乱跳的。

七个高高低低的儿童

双臂斜插月光，涉水而来

它们像在刺探，却不用眼睛

触摸苍穹，音符们踮起足尖

七个数字组成生命的交响

反复咏叹，回旋，传递时空的花环

夕阳久久不下山,从森林出来,是另一片草地。四周林木肃立,远处,是阿尔卑斯山终年不化的积雪和高大的褶皱冰川。阿尔卑斯山系是古地中海的一部分。岩石嶙峋,角峰尖锐。人称阿尔卑斯山是欧洲的脊梁,绵延一千二百公里,有史以来就被当成欧洲精神和灵魂的象征。脚下是圆圆的山丘,多像开蒂家那只圆圆的面包篮子,我们在路边饭店用餐时,看见一个小母亲提着婴儿,也用这样的篮子。

次日早晨醒来,不到6点,掀帘一看,云缠雾绕,宛若仙境。近处,遍地黄花不见了,不知啥时还原为青草,真切的青草,嚼一根在嘴里,嫩绿得让人牙痛。我们就在这样的时刻离开了小木屋,去山下莱茵格贝尔的父母家。

别墅样的小屋多了起来,有蔷薇作墙作篱,有参天的金合欢树作屏障。山下雾气更重,每一扇亮着的窗户,似被啤酒的泡沫淹没。在这里,权力和金钱似乎正在过时,升迁发迹也不再那么诱人,人们追求生活的和谐和平静。是的,除了阳光、草地,还有什么值得任意享受。城市人有意搬到乡下住,比邻皆是小楼,一样玲珑,一样干净,看不出谁是真正的农民。

一个书香世家。两位老人出门迎候。父亲是奥地利身负盛名的书法家——原以为书法艺术只属于东方,不料德文字母也有着非凡的书法感染力。老人手写并自己插图的《罗密欧与朱丽叶》,是全奥唯一;老人用自己的头发作毫,是全奥唯一;老人以发丝渗墨在小羊皮上绘制出精密的维也纳地图,是全奥唯一。

老人退休前是林茨大学历史系教授，艺术品位极高。几十年来孜孜不倦，八十五岁高龄仍不离工作间。除了酷爱书法、绘画、雕塑，还收集各种古董、化石、艺术品，眼前这块鹅黄碧透的石砚，这座拜占庭式的微型屋宇，惟妙惟肖，都是他的杰作。

一条木质莲花栩栩如生，我以为是哪位东方客人所赠，莱茵格贝尔却说是她母亲年轻时代的作品。母亲也是学雕刻的，行刀走纹，已在盛开的花瓣上显示出相当的造诣。结婚后，生了六个儿子，她便放弃事业，一心操持家务，甘为丈夫、为孩子做出牺牲。由于惋惜，我们用了"牺牲"这个颇具英雄主义的词。而她却异常平静地纠正我们，这不是牺牲，既然这个家庭需要我，我就应该这样。她不为自己的行为找一个高尚的借口。

接着我们享用了在奥地利最亲切最丰盛的一顿早餐。面包、果仁、甜饼是才烤的，牛奶是乡村农民才挤的，火腿、肉肠、草莓酱，与葱蒜捣在一起的黄油，都是这位年过古稀的奥地利母亲亲手做的。

这位母亲的餐桌上也有一只篮子，当我从篮子里取出第一片面包时，我找到了生命吟唱的象征。

离别的时刻到了，我们与莱茵格贝尔一家在木槿树下合影。木槿花通体流淌着一股从容不迫的生命的力。不远处，传来乡村教堂的钟声。

唱诗班，一群圣光中的鸟

飞向天空的蓬勃枝条

我欲乘一片羽翅

从蔚蓝色的胸膛摘取一支谣曲

橡 胶 树

云南，我神往中的植物园。

我要去了。左手握一份通知，右手翻一张地图，迫不及待从重庆摸到昆明，思茅，西双版纳，手指沾满大片绿汁和阳光。

上苍为何这样厚爱我们，为何赐予我们这样一块绿洲？我问，却不求回答。我宁愿神往中的植物园，是天理和地理都不能解释的宗教圣地。

由师傅驾驶的车驶出空想，从思茅开往版纳。有着充沛的阳光和雨水，植物园老老小小，都大了一圈，长了一头。我熟悉的竹，在四川清清秀秀，衣袂飘飘宛若村姑，在这儿气宇轩昂，又高又壮恰似职业篮球队员。就连小小蚕豆，也穿一双特大号的鞋。

冷不防一个转弯，一排树转过身来，小腿扎着绷带，皮肤灰白相间，浸出病的斑迹，几粒绿粉，薄薄撒在树尖——是橡胶树！我猝然一惊。

它怎么长得像这个样子？这彻底的奉献者，工业的血液，在众多姐妹的簇拥中，它显得太可怜太寒碜了。

油棕的锯齿多棱，叶隙洒下碎金，槟榔树踮起光洁而修长的小腿，翩翩旋转十六岁的芭蕾；还有叶子花粉红、胭红、血红，金瀑垂悬，烂漫得要死。我进入我神往的圣地了，我的目光绚丽多姿。可是，那小腿扎着绷带列队向我的树呢？道旁的仪仗队没有它，公园的歌舞队也没有它。

是的，我在想它。

我没有看见割胶的刀，却看见了刀的痕迹。常言道人怕伤心，树怕剥皮，而橡胶树就是一辈子都在被剥皮呀。

我这样凄惶的心情影响了一段旅程，一道阴影盘踞在心。虽然一路美景蓬勃，虽然蔷薇与蕉叶的体香再次挠我，蕨和藤和各种小灌木的柔腕再次缠我，我仍然沉浸在自己制造的苍凉气氛中。

勐海县的落日浑圆透亮，忽然一大群橡胶树涌来，可谓千军万马，可谓雷霆万钧，绿色兵团占领了一座又一座山峰。随着道路的七弯八拐，我反复走进它的横向与纵深。

那浩浩荡荡的独脚绑腿，那重重叠叠的悲壮神色，那苍翠的呐喊响彻了一条亚热带。比起来，那些槟榔那些油棕，虽然到处都是，却算不上什么了。

断裂的树桩在不远处冷眼相视，不管它，我走近树。我看见伤痕下的白线了，在流动，流进一只碗里。是血，是乳，我分不清楚；是忍耐，是宽容，还是奉献，我分不清楚。

我还想说点儿什么，一个转弯，橡胶树又一掌推我至三百米之外，在迎风的山口，赠我一幅匍匐而不倒地的群体雕像。再看那些叶子，绿色四溅得噼噼啪啪，汪洋而慷慨，显示风的滚动。

　　我不再可怜橡胶树了，不是不再，是不敢，不配。

　　人不及它。人的痛没有它深，却又喊又叫；人的意志没有它坚强，却又夸又闹。人可以利用权力和阴谋随随便便践踏一个人，可是，人不敢，不敢轻视一棵橡胶树。

　　整整一生都受着伤害的树，自己为自己擦干血迹，自己为自己打好绷带，然后，自己站起来，从容不迫，继续自己的生命。

　　它活得上好。它似乎在说：你可以剐，我可以生；你可以再剐，我可以再生。

　　它说得极轻，极柔，似有似无。而我听见了。我再也无法将自己从橡胶树上剥开，我的皮肤我的血液我的气息，我的韧皮部木质部形成层，我的葱茏的头发，我的汪洋恣肆的叶绿素。

　　我与橡胶树已成为两个自我，互相观照互相审视。我真实地、清晰地看见了自己，比较满意。当韧性的根扎进生命底层，沿着灰白斑斑的树干上升到叶片，我真正地触摸到了自己的圣地，自己的宗教，自己的佛。

　　但我仍在怀念从思茅过来的那一片，那片最初的橡胶树。我不知那一片和这一片是不是不一样。原路而返，我小心等待，不敢瞌睡。一座圆圆的小山丘像磨盘一样慢慢转过来，是它们，正是它们。它们依然列队向我，而树尖已举起一抹嫩绿。我相信再过十天半月，这抹嫩绿就会转为深绿以至墨绿。

"橡胶树，像打满绷带的士兵。"我写下第一行诗。

"橡胶树，像斜挂绶带的将军。"我写下第二行诗。

为阿里山清茶而醉

1

谢谢李琦，给我寄来这张照片。照片上阿里山姑娘左手执壶柄，正恭听一台湾诗人的询问，我坐一旁，端着茶杯，饮酒的样子。

凡旅游胜地必有商店，卖些特产物品。吃过晚饭，我们自然就进了一家小店，女老板一边冲茶，一边殷勤让客人品尝，以助促销。并告诉我们阿里山茶只采用尖端的两片叶子和一片尚未打开的叶芽，无农药、无污染，很好。

我本不是会品茶的人，在我的购物计划中，没想过要大老远背茶叶回去，于是离开，进了第二家。

满目琳琅，门口依然是茶。茶是阿里山特产，难怪在数小时山路盘旋中，林间缝隙，除茶树，未见其他作物。一个长相特别英俊的少年说了声"请品茶吧，阿里山的茶！"——"阿里山的姑娘美如水，阿里山的少年壮如山"，我们和他几乎同时唱出声来。

"你是阿里山本地人吗？"

"不是，是山东人。我爸爸1949年过来的。"

"你多大了？"

"二十五岁。你们是什么样的团？"大概见过的大陆团不少，他反问。

"诗人代表团。"

"诗人？诗歌吗？你们是诗人吗？"沏茶的姑娘有惊喜之意。

"她也是诗人，写文章很好的呢。她的作文在班上总当范文来念。"少年指着姑娘。

原来他们是中学同学，已成家生子。

我环视小店一圈，想象老父亲当年像燕子衔泥一般，一啄草、一啄泥垒起的这家小店，这副家业。儿子才二十五岁，可见老人成家晚，日子过得艰辛。

我坐下来喝茶。茶极绿、极清、极洁、极香。才喝一杯，我流泪了。

我向姑娘要了第二杯，第三杯，这样可埋头作遮掩状。不料茶水倒灌，喝进去又从眼里流出来。我告诫自己："不能这样，别人会说你不正常！"

2

就这样，大概一小时了，我把自己弄得很难堪。满脑子都在东想西想，只是因喝着茶说着话思绪并不连贯。我在想店主人的父亲，五十年前从山东来的那个十七岁的青年，当年什么样子，现在什么样子，这颗被风带走的种子，如今他的后代在阿里山上生了根。

更多时候我是在想同行的台湾诗人，其中刘建化老先生已年过古稀，几天里讲得最多的一句话就是"我的好妹妹哟"，研讨会上，当他讲到没能为母亲送终时，老泪纵横泣不成声。"好妹妹呀我是把你们每一位都看作我的小母亲了。"惹得全场泪奔。后来陆萍专为刘建化作诗《却原来你长歌当哭》。

一路上管我们吃喝拉撒睡，甚至让老婆辞退工作也来帮忙的金筑，又唱歌又致辞又朗诵的活跃诗人金筑，语法特别，常把我们弄得一愣一愣的。"今天的午餐比较相当丰富"，"民俗村的感觉比较的很不错"……我们一路友好地学他，笑声不断。但这会儿他神情沉郁、言辞庄严，眼含泪水，提醒大家今天是七七，不能忘记国耻。这一天，满满一车抗日歌曲，回荡在阿里山。

还有文晓村。台湾之行真不易呀，要填那么多表格，要等台湾方面对那些表格的审查批复，要为会议编辑出版《女性诗歌三十家》，要为十五人的一个大团筹集经费，等等，没有致力于两岸文学交流的文晓村，我们去不成。

大客车驶出台北，文晓村见我掏出本子在记些什么，就过来与我闲聊。我这才知道文先生一生有着很不平凡的经历，真正是历尽沧桑。文晓村十六岁时赶上抗战末期，他投笔从戎，参加抗日。十八岁参加解放战争，从华北到西南穿过枪林弹雨。二十二岁参加抗美援朝，战斗失利，隐匿深山，饮冰吞雪。被俘不屈，后来又不明不白被押送台湾，在绿岛坐牢（绿岛又名火烧岛，实为监狱，绝无歌曲《绿岛小夜曲》中的诗意）。又因办诗刊受制裁，因写作而遭文字狱，多少苦难加身，仍然为文学、为诗歌、为两岸文化学术交流竭尽全力。

台湾诗歌艺术学会秘书长王禄松，每次开大会都由他致辞，看得出他在台湾诗歌界的号召力。这个集书法、绘画、文学于一身的艺术家，首先是语言学家，他总能将随随便便的一句话，讲出幽默、智慧和无穷的意味来。比如在夸奖某人的诗作时，他自谦，称自己是"书外一个拙劣的造句"；比如在途中生病发烧，他笑斥"冰风冷雨联手出招"；因病手抖，他说自己写的"每个字都在痉挛"。

"应有人随时为你做笔录，成王禄松智慧小语。"同行有人说。

一个人的言谈举止，证明着一个人的学识修养。台湾诗人的共同点就是，中国古典文学修养深厚，在继承中有发展、有认真的研究和反省。王禄松说："古典文学之令人心醉，是因为它在几千年前，已说出一部分我们殚精竭虑所想说出的话。所差距的是古人将它缠住了，结住了，今人要知道，解开，一解，便有新的境界了。"王禄松悟出了结与解，所以他的智慧是从里往外透出来的。

就是这样一群爱诗的老人，身体不算虚弱，但也说不上强壮的老人，论年龄若父亲若兄长，每日像棒棒军一样为我们扛行李背箱子，搬上搬下，累得气喘。

一路上有太多的笑声，太多的眼泪。一想到这些，我的眼泪怎么止得住。为台北的细雨流泪，为阿里山的清茶流泪，为葡萄园或其中的一颗两颗三颗，流泪。

3

有一阵也许并没想什么，只因茶特别绿，夜特别静，风特别轻，雨特别细，"阿里山"三个字的音韵特别能牵动人。一种家园的感觉、茶舍像儿女般为我开放的感觉、追忆的感觉，竟使我心底的爱微微发痛，我的眼泪就这样畅流不止。

"给你吃块糖吧，这糖可以解陶醉。"沏茶的姑娘说。

糖可以解陶醉，这话还不算超凡脱俗吗？阿里山姑娘，绝对是诗人。

"你们什么时候关门，我们想多坐一会儿。"既然通知凌晨3点起床，搭乘3点半的小火车去山顶看日出，就不必去睡觉了，我想。

同行的人早都回宾馆休息去了，就我和李琦，还一杯接一杯地喝茶，浸在湿漉漉的情绪里，我们只会说："哎，阿里山多么好，夜晚多么好。"

我们肯定是醉了，在阿里山的夜晚，我和李琦偏偏倒倒，跌跌撞撞，相互搀扶着走回宾馆。快到时，少年追上来，说你们忘了带走茶叶。

从照片我看到大塑料袋上写有露珠茶、云起茶、云雾茶、乌龙茶，而我不知自己买的哪种茶。回家后一冲，发现每颗茶均两叶一芽。家人喝了说有奶油味儿，客人喝了说有蜜柚味儿，我一喝再喝有酒味儿——原来我买的是"陶醉茶"。

那个夜晚，我怎不为阿里山的清茶而醉！

恩师聂云岚

丹英敲门，交来这月的工资和信。《今古传奇》相约，要我写一篇聂老师的文章，因我在重庆，聂老师的身边。我一口应允，聂老师这人太好，约我写他，是我的荣幸。

太多的好，我却不知从哪一处好写起，想想，还是先从不太好的入手吧。

这些年聂老师的身体是太糟了，这家医院进那家医院出，几乎都在医院过。可是当护士一走，他便手舞足蹈，直喊解放啰可以抽烟啰，一支尼古丁两分钟就抵消掉一天的治疗，白白用了那大把的药丸、大罐的氧气。

朋友们苦口婆心地劝他："你的毛病出在呼吸系统，你戒了烟身体马上就会好，你不是还要写自己的长寿湖吗，身体不好怎么写？"

说到写长寿湖，他生命中最重要的一片水，他怎不动心，眼睛湿湿的，映现出湖光岛影。他连说要写要写，要戒要戒，可是戒来戒去还是戒不掉。

李孃孃没收香烟，用的是搜身的方式，他真是气得了不得，直嚷："嗯，你搜，你搜，搜得完吗？"大有革命斩不尽杀不绝之势。果然，等李孃孃一走，他又变出一包来，不知从哪一个魔术师的口袋。

算了。这缥缥缈缈的烟雾就不说罢了。我们还是来说说聂老师的创作吧，说说玉娇龙、春雪瓶，这两个容貌姣好，打打闹闹的小女子。她们翻祁连，过天山，从京城到大漠，日日夜夜，纠缠得聂老师吃不下饭睡不着觉。

就是在那样子的长寿湖，这些好听的故事也曾挠痒过多少如醉如痴的耳朵。一群人端上凳子泡上茶，裹好叶子烟，一支支递在老师手上，说："你就坐在这儿讲罗小虎吧，我们边听边挖！你那一块土我们也包了！"

聂老师就在田边土坎，驰骋疆场，纵横天涯。

终于又过了许多年，也就是我调到出版社，时常溜进这间小屋的时候，他憋不住，他要写了。其实，这之前他已经写过一些，在重庆群众艺术馆印的小册子上。我看过，好看，好看得心痒痒的，那是《玉娇龙》的前八回。"工整严密的对偶，清丽柔婉的诗词，扑面而来的文字的芬芳，是诗！"我说。

所以，当聂老师拉开架势将一沓五百字的大稿笺往案头一放时，我们少儿室的几个，迫不及待地溜进房间，先生写一章，我们看一章。自不消说那一阵心弦为之扣着悬着多快乐又多难受了。我们最惊讶的是老师不用草稿，天下竟然有不用草稿的，一次性成章！思路那样明晰，文笔那样洒脱，大雅大俗，大智大慧，真真是一个大手笔！每日三千五千，乘胜挺进。

写得顺手，先生便要念要讲，那日见他在屋子里走走走，纸烟不停地抽抽抽，知道他是不顺，流水被泥石挡道了。他说结尾不好结呀，就像编背篼要收口，一篾一篾都要有所交代。

忽听李孃孃大吵，她说这个坏女人根本不可能改好哇，老师却说能改好能改好，人心总是向善的嘛。两人的拉锯战持续了两小时。

原来是老师的文稿上写到春雪瓶去找方二太太报仇，一路上听说方二太太因悔悟，做了不少善事，找到时只见灵位，春雪瓶就给方二太太拜了一拜，谢谢她的生育之恩。李孃孃坚决不赞成这一拜，两人就吵，有时一家人都吵。老小十几人，就有十几个玉娇龙十几个春雪瓶。

玉娇龙偷了高老师的书，抄好后奉还又放把火烧了。家人都说放火不好，有损玉娇龙形象，"不烧书就不是玉娇龙"，聂老师坚持。还有，你知道玉娇龙是怎么个死法吗？先生最初的安排是让她死在沙漠中，雪瓶铁芳由大黑马带路找到尸体带回艾比湖畔埋葬。孩子们都说太一般。夜里开会，儿子嘉陵建议玉娇龙死后马不走，也死在身边，雪瓶铁芳在大漠只找到大黑马的尸体而再也找不到玉娇龙的尸体。这样增加了玉娇龙的神秘性，与她隐姓埋名、飘忽不定、波澜壮阔的一生对应和谐。大家都说好。

　　参与讨论的，除了老师夫妇，儿子、媳妇、女儿、女婿、孙儿、孙女外，我看见了，还有跑来跑去的小耗子、猫，小耗子夜夜在顶棚竹席上，叽叽叽争着发言。这破旧的危房，夹在厕所与垃圾堆之间，夹在每日一万辆汽车的噪声和尘埃之间，陪伴先生一家，度过了八个春秋。一张不安定的书桌，从危房搬进编辑部临时公房，又从公房搬回维修后仅仅不倒塌的旧房。聂老师，他一边弓着腰，咳着嗽，一边以他神奇的力量，以他最通俗又最典雅的笔触建筑起另一座文字宫殿，迫使上百万的读者不得不顺从于他的指向，酣畅淋漓又细致入微地跟着他漫游。

　　对民间文学、通俗文学的钟情，聂老师是几十年如一日的。最先知道他的名字，就和民间文学连在一起。1956年，重庆出版社出版了一本题名《金鸭儿》的民间故事集，这本书很快在苏联被译成俄文出版，一下子印了十八万册！远远超过重庆印数的若干倍。当时重庆文艺界的朋友对这本书的作者不由刮目相看，打听起他的底细来，才知此人20世纪50年代初曾任重庆《新民报》记者，平日就爱坐茶馆，尤喜和民间艺人闲聊；1952年重庆《新民报》停刊，聂老师进了出版社。有人揣想：那本记载重庆民间传说的《金鸭儿》，兴许就是他从茶馆坐来的哩！有人不禁临渊羡鱼地开玩笑道："我也坐茶馆去！"

　　其实，聂老师从事的民间文学事业并不是那么轻巧顺当的，其艰难曲折毋宁说和他坎坷颠沛的命运相同。接踵而来的灾难，使他如日方升的名字在文学界湮灭了二十多年。甚至连他的第二本民间故事集《老虎新娘》，也只能采取隐姓埋名的方式在1958年出版。

20世纪80年代的春风鼓舞着百花的萌动，独具慧眼胆识的《今古传奇》毅然把《玉娇龙》及其续篇《春雪瓶》陆续介绍给全国读者，使这两部长篇小说成为传诵一时的名篇，使聂云岚这位老作家在文坛上再一次亮成一颗明星，这是聂老师的朋友们深感庆幸的。

对《玉娇龙》《春雪瓶》的创作成就，读者明眼自知，此处不拟赘述。这里只想提到的一点是：聂老师写作煞费苦心。《玉娇龙》最初产生轰动效应时，有人听说是据王度庐所著《卧虎藏龙》改写，认定此事易为，迨全书既出，才承认两书在主题、人物、情节上大不相同。《玉娇龙》是再创作而非一般意义的改写或扩写。而另起新枝、毫无依傍的《春雪瓶》，更是让读者认识了聂老师的创作实力，冰释了最初的误会。

1985年，出版社在大坪九坑子盖了新楼，我们都搬了进去。三室一厅，又明亮又宽敞。我们常来聂老师家聚会，吃饺子吃瓜子吃茶。跟着老儿童，我们长不大。这个时刻聂老师好幸福，他微笑着，眼睛眯成一条缝。他是魔术师，又是幽默大师，他随便抖落几句话出来，小屋里立刻充满前仰后合的笑声。看到电视上中国女排被美国女排打得好惨，先生咬牙切齿："这个海曼！把她嫁给×××！"×××，我们出版社一位身高约一米五的男子。真绝！我们大笑，他不笑，一副认真严肃的样子。

聂老师家最诱人的，是一张漆得黑亮的大书桌，加上一排大书架，透出又庄严又厚重的书斋气。这样大的书桌可以任老师的稿件、信件、书报乱扔乱甩了，我想。我还想这大桌子更便于老师练书法了。你只以为老师会写文章嘛，才不止哩，老师会写旧体诗，并擅长书法。书法竞赛，那幅字迹挺拔而娟秀，凝重而洒脱，兼有柳体和颜体之风骨的就是他的。《玉娇龙》《春雪瓶》两书的封面题字，就是老师自己的。

聂老师写字时，我在一边为他磨墨展纸，见他运足浑身气韵，紧闭嘴唇，方知一支紫毫凝聚着万钧之力。1983年有一阵出版社频频死人，同志们写挽联如继续赛书法。写得来劲时聂老师说给我也写一幅，他随口念出"傅天琳的诗甜中有苦，傅天琳的人苦中有甜"，我大喊好得很好得很，只可惜当时未请他写下来，若是真写下来裱糊好挂在家里，对着自己的挽联月月看天天读，多幽默。

聂老师写《玉娇龙》，不知是他的侠肝义胆赋予了他的人物，还是人物的气质影响了他的一生。大侠聂老师，生活中经他扶助的弱小生命有多少，慢慢道来，那将是一部长长的系列片。1982年同时调来出版社少儿室的几个人，当时只是文化馆馆员、农场场员、小学教员，无依无靠无任何臂膀。

我们大事小事找他，我们总有新的矛盾和委屈。聂老师是我们最可信赖的恩师和亲人。

老师总是用说笑话讲故事的方式，为我们宽心排解。许多教益就这样蕴含在他可爱的情趣之中。而老师本人，似乎从无委屈，他的玉娇龙风波，他的病，他的猫鼠乱窜的破房子，他一句不说，从来不说。他要说的都是关心别人的话。今天，当我再次来医院看他，见他全身插满各种管子，心里痛得流泪，他屏足力气的第一句话竟然是问我，你评职称的事儿怎么样了？

老师心软，老师心慈，老师宽厚待人，温存中总是透出几分义气。

结果，在二十五年后，聂云岚硬是再次做了这本《辣椒集》的责任编辑。

生命很短暂，我们的生命是母亲给的，我们无权不珍惜它。聂老师明白这些道理，他开始重视关于烟的问题了。"你不能不尊重医生的劳动！""不能不尊重亲人的爱！""不能不尊重读者的渴望！"三个不能，已将对抽烟的批评提高到上纲上线。聂老师，他素来最尊重别人。他接受了。

1988年我离开了聂老师的少儿室到了文艺室，少儿室给了我们大家一段最开心的时光。

聂老师也戒烟了。

下卷 天琳风景

我所有的往事、蠢事、趣事、鸡毛蒜皮事，都是我最好的风景，最痛的山水。

那年八岁

　　有报纸相约，一定要我写一篇童年的故事，写什么呢，童年基本无故事。童年的我哭得多笑得少，真怕一不小心，就把我发黄的旧稿纸打湿了。

　　那就讲一个与大姐有关的哭的故事。

　　那一年，我八岁，从农村到城市两年了，不知为什么就得了肾病，全身肿亮，崇庆县医院治不好，要家长立即转送到高一级的专区医院。

　　崇庆县公共汽车站，在离邮局不远的钟楼下，大姐将我交给一位生肺病也要去温江专区医院的局长，托他带我去看病。并反复叮嘱我："毛妹不要哭哇！不要哭哇毛妹，过几天我来看你。"大姐伤心难过极了，可是她为什么不亲自带我到医院去？

　　晚上，局长走了，留我一个人在医院。"如果不舒服，你就摇铃子吧。"护士把我安排在一间单独小屋，发给我一个像学校上课下课那样的铃子。

那是一个比任何时候都更黑更深的夜，我想了又想，始终想不明白，为什么会一个人住在远离妈妈和姐姐的小屋里？墙角始终有一团黑影耸动，是不是鬼？最怕的就是鬼。过去挤在大人堆里听过的鬼故事此刻都活了过来。由于害怕，干脆扯亮灯不睡觉，坐起来给大姐写信。

大姐：我没有哭。

我哭得忍不住了。再往下就不知道写什么，就什么也没有写。这么一句话的信是我平生写过的第一封信，第一次表达情感的文字。像我八岁的生命一样稚嫩、简单，又包含了当时我所能体会到的全部意义。

不久大姐来了，她满身是泥，自行车也满身是泥，原来她连人带车摔进水田里了。她怪自己技术不好。长大后我才知道这一天早上她收到医院寄去的病危通知书，骑一辆自行车从崇庆往温江赶，心急如焚，就摔进了水田。

不久大姐调工作，从小崇庆调到大重庆。我全身肿得发亮，似乎轻轻一戳就能流出水来。我已经禁不住汽车的颠簸，只能坐一辆黄包车，那老大爷慢慢拉，车轮慢慢转，转了一天才从温江转到成都。

儿童列车厢，尽是两岁、三岁、四岁的孩子。我坐在里面，比别人高出一大截，怪不好意思。在摇篮似的床上，一摇一摇就进入梦乡，梦乡梦乡，梦里总是家乡！我看见一个黑色大怪物把妈妈抢走了，我追我喊我急得气喘——啊，在梦中我也是这样气喘。

"大重庆大得很呢！中苏大礼堂的圆柱子要几个人才围得住呢！"大姐对我说。我满心欢喜。这就是重庆五一电影院了，广告牌上画着一朵小红花，一个公主和王子的故事，我读过这本书更想看这电影。

　　"还是先去医院吧，回来再看，我去给你买花生糖好不好。"大姐哄着我。

　　重庆街道太宽、坡太陡，我爬不上去，大姐又背不动我，只好走斜线对角而上，一条文华街我们走了半天。

　　地处大阳沟的邮电医院，一看病就不准出来，住了一个学期又住了一个学期，我怀念电影院的小红花，她肯定已经老了。

　　这个喜庆的日子终于来临！大姐接我出院。今天她显得多么明亮！

　　"我买了一张大床。"大姐说。

　　"太好了！"我跳起来！

　　这以前我们一直是合睡一张小床啊。

　　粉红色窗帘被小风轻轻掀开，墙壁刷得很白，贴着新鲜的画，来了许多客人，又吃糖又唱歌围着大姐这个新鲜的人。我懂得这是在结婚，大姐是等着我病好出院才结婚的！我仍然胸闷、气喘，只能脱掉鞋，坐在大床上。横看竖看，看着大姐，我觉得我也新鲜透了。

　　夜深了，客人渐渐散去，只剩下大姐、姐夫、姐夫的妈妈和我四个人，我准备睡了。大姐看着没打算离开新床的我，不知说啥，那心疼心酸的样子像是犯有过错。倒是姐夫的妈妈开口了："毛毛我们走吧。"

走哪儿去？这不就是我的家吗？这大床不就是大姐为我买的吗？大姐你为什么要我走？

深夜的石梯又深又长，我由一只陌生的仍旧像母亲一样温暖的大手牵着，下完文华街、东华观一长串石梯，往储奇门河边走去，在一间破陋的捆绑竹楼里，一口大木箱上已铺好我的被褥。

一整天洁净的没有医院青霉素气味的空气被黑洞洞的天空吞了进去，我感到气喘得慌，想哭，但在一间陌生的屋子，不敢。

我哭了一夜，没有出声，别人并不知道。第二天气喘加剧，伯母带我去医院，我说我先去看大姐。大姐，昨夜的鲜花今晨的青果，她扑过来，双臂将我环在怀里。

"毛妹，昨夜你哭没有？"

"大姐，我没有哭。"

这世界，大姐仿佛除了怕妹妹哭，便不再惧怕什么。我亦是。除了怕大姐知道我哭，便不再惧怕什么。即使生病，天天打针。大姐，其实长大的妹妹才想问你，在人生最重要的那个夜晚，你是不是哭了？你若是想着胆小孱弱的妹妹在一边一定会哭而哭了，那么早就成年的妹妹又要哭了。亲爱的大姐，现在我们都承认这些眼泪吧，是它们浸湿了我生病的童年。

刚 到 农 场

我分在青年卫星队，住大广柑林。一间大约二十平方米的茅屋，捆绑竹床已铺好干草。我们二十位女同学，恰好每人获得一平方米空间。

每月有十二块钱，二十六斤粮票。发给两块钱做零用，供买肥皂、买草纸、买邮票什么的，其余十块钱发给饭菜票。

不管怎样，我自立了。

到农场第四天，突然发烧了。

第五天、第六天，高烧不退，医务室要我去北碚第九人民医院诊断。

早上5点，我偷偷爬上送奶车。被司机恶狠狠地叫了下来。中午，更热，我的上铺像蒸笼，闷得难受。

迷迷糊糊，好像是同学甘俊新背我穿过广柑林，好像是把我放在了一张白床上，好像门外有一群人在看。好像是医生说高烧，要打针。这是什么针药哇，蘸过酒精、火焰，一注入，心脏、肺叶立即燃烧起来，整个身体燃烧起来，那种难受哇。我想对医生说我是发烧要注射冰水不能注射火焰，但是说不出来。顷刻间，便什么也不知道了。

我重新恢复恍惚迷离的感觉已经到了天上。绛云紫雾，轻飘飘托我飞翔，我想起了妈妈说过的我们的家在天上，很辽远又很亲近，心里忽觉清亮。家里有竹林、有小桥，就是没有鸭子嘎嘎嘎叫。

刹车一响，我醒来，天已微黑，我不知这是什么地方。那位早上不让我搭车的师傅，打开后车门，慈笑着向我伸出手来。我吓住了，直说我没有上你的车是谁把我弄上车的呀。师傅仍然笑着，态度非常友好。

从此，我经常搭他的车，别人搭不到我都搭得到，但当时他和我都没有想到，在这个6月里，他五次送过高烧迷离的我，每次被车送走，王家坪大坝子，都会留下一片叹息："哎，那妹崽，活不过十八岁。"

出院后在医务室看见我那天的病历：

41.9℃昏迷

① 注射氨基比林

② 立即派车送九院

那么，胸腔着火的一刹那，就是42℃？就是死？轻飘飘飞翔的舒服一刻，时间成羽状，就是灵魂出窍，就是死后的天堂？

病愈，农场照顾我做最轻的工作，帮厨、选麦子。就是把麦子里的小土粒、小石粒选出来。我坐在屋檐下，看着一群十五六岁或十七八岁的男生、女生挑着粪桶晃晃悠悠的身姿，觉着真美。那年月兴评工记分，每挑粪都要过秤，等他们称了粪桶，我也去抱住吊钩，双脚并拢身子一弯，猫似的就腾空了，我有六十八斤。

农场也兴精减员工，凡是年龄小的、体力弱的、调皮捣蛋的，都被压缩回家。我属于第一、第二类，农场硬性地就把我的户口迁回了本本上的上清寺特园3号。我不走。我哭。我很坚决。我保证今后不再生病。我不明白我为什么不愿离开这里。

我想我主要是不明白，我究竟从哪里来？我能到哪里去？大姐下放农村未归，特园3号没有大姐，怎么会是我的家。

那年月加班加点真多，火把夜战，一个人在一个晚上要点几十斤豌豆种，点得打瞌睡还点不完，有人就将一簸箕种子哗哗哗倒进一个窝子，出苗时只见一丛丛细如发丝的豆芽树林。

愈是贫穷愈是作假，愈是浮夸。

荒年，南瓜却意外地好，难怪附近老农民称南瓜为荒瓜。农场宣布每人可种四厘自留地，四厘地，种上四窝南瓜，瓜藤往东南西北牵去，漫山遍野，摆满大大小小的南瓜。

南瓜切成大块，倒进洗脸盆，撒把盐，搭几块石头为灶，就煮起来。天哪，两个人就能吃完一大盆。瘪瘪的肚子看着看着就鼓起来，摸一摸拍一拍，真比那猪八戒吃西瓜忘了师父还快乐。

可是今天，用一张竹席隔着的男生们，吃完南瓜就不说话了，过了一阵就"哎哟哎哟"叫起来，忙到医务室看急诊、输盐水。原来这群贪吃的人们，将尿素当成了盐巴。

荒年更荒了，口粮降到每月按等级十八斤、十九斤、二十斤发。农场想了各种办法来补充，不筛麦麸的馒头、掺和土茯苓的馒头、萝卜缨缨、红苕藤藤，还是填不满这群青春的大胃。

春种秋收大忙时节，每日按超定额多少评出红旗手。我们伙食团的小牌子，常常写着：

红旗手
奖励马肉一份、凉拌红苕藤一份

评工记分的成果是一炮三响，即当天、当月、当年都有奖励。

1961年年终结算发麦子，农场青工们大多是二十几斤、三十几斤，最多四十几斤。一个个神采飞扬地拿着脸盆和口袋，往保管室拥去。

我以为我没有，我说过我是选麦子的，只有基本工分，当天、当月那两响，就从来没有响过。

我意外地看见了我的名字，在奖励册上，我的名字一样神采飞扬。我顺着横格摸过去：小麦三两。

　　我捧着饭碗排在最后，又一次没有想到，装了半碗！这么多！半碗！我第一年年终奖，半碗！在别人忙着推磨的时候，我已经掺满水放在食堂的蒸锅里了——满满一碗小麦粒，晶莹透亮。那样甜，那样软。

寻找半枝莲

一个声音敲开大姐家的门，进来的是母亲。七年了，我没有回家，我请不到假回家，我日思夜想的母亲哪，在这非常时期竟然不期而至！

母亲在县城已初诊自己患了癌症，她抱着一丝希望来川医复诊。最终这个癌字还是写在了复诊的病历表上，我遭遇了晴天霹雳。大姐、二姐要我坚强些，说话表情都要装出没有查出癌症的样子。母亲似乎是相信了并接受了我们的谎话，一脸轻松，其实是在配合我们。

这是1968年5月，医院没有完全正常上班。加上母亲的癌症已是晚期，医院不予接受。没有治疗也没有开一粒药丸，我陪着母亲坐火车回乡下去了。

在乡下听人说核桃枝能治这病，五里外有人家种有两棵核桃树，我和弟弟去折了满满一背篓。一心想着多采些就能治好母亲的病，把那家人弄蒙了："你们是做药，还是做柴烧，怎么会折那么多？"

在成都梁家巷碰上一个摆地摊卖草药的老人，一根谷草拴着一把野草：半枝莲，治疗癌症特效药。一把两三枝，卖三块钱，我正好有三块钱，就买下了。

那段时间，农场不正常上班，二十六元的工资自然不能兑现，我没有任何经济来源。半枝莲再好，也买不起呀。

卖草药的老人说这种草长在水沟边，我决定自己去找。

无边无际，往哪儿找去？第一次去的是草堂，杜甫的草堂，草堂周围有大片田地。我高一脚低一脚，踩过一条水沟又一条水沟，从下午到黄昏到天色黑尽，一枝也没有找到。

可能在浅水，我这样分析了一个晚上，第二天一早又去了。不是去水沟而是去田坎，寻找了六小时之后，一枝方形草茎、叶片和小花瓣均为对生的植物向我放射出淡紫色光芒，和老人卖的完全一样！顿时我热泪盈盈，双手战栗，心里注满希望。我有主动权了！母亲最后的日子全都握在我的手上了！

川西坝子到处是这样的田地，我干脆来到新都县龙藏寺，住在荣军休养院的二姐家中。

7月，早稻已收割，中稻正扬花。一片光明温柔之心向大地敞开，天空和雀鸟的翅影贴着水渠流动，电杆和竹林搭起抒情诗的拱门。为了寻找半枝莲，我竟然找到了这片难得的静穆与祥和之地。

从这道田坎走到那道田坎，母亲的身影一直伴随着我。我回到沱江岸边，三十八岁的母亲带着五岁的我在奋力挖掘和筛选河沙中的小卵石。火车过去一趟、两趟、三趟了，肚子饿了，一岁的弟弟饿得哭了，我催促母亲回家去。

"今天是交货的日子，马上就可以拿到现钱，再捡一点儿吧，等下一趟火车开来我们就回去。"母亲笑着说。

接着又说："为什么你叫天琳、弟弟叫天杰，记住我们的家在天上，我们到了人间就注定要吃苦的。"我听不明白，也不再说什么了，一边继续捡小卵石，一边盼望河对岸过路的火车。下午5点了，我们还没有吃午饭。

软软的、温热的田地多像母亲那软软的、温热的背，小时候我生病，母亲背我到二十里外找医生。妈妈的背好宽好软好有力，好像我正在行走的大地呀！

不久我跟着姐姐到城市去了，无论姐姐怎么疼我爱我，我还是想妈妈。不敢在人面前想，不敢哭，不敢发出抽泣的声音。小小年纪已学会压抑，小枕头一夜一夜被打湿，同屋的人却听不到哭声。

第一次上邮局应该是九岁，我将积存的零用钱五千元（值现在五角）寄给乡下的母亲，许多天都为自己能帮助母亲而莫名兴奋。

1960年暑假我回家去，书包里装着两个月饼。母亲住在水肿病医院里，四周黯淡着一片令人心碎的目光。母亲执意要我将两个月饼分成十六份给十六个人。我舍不得，舍不得也得听从母亲的命令。

灾荒年，母亲不准弟弟去偷公社的生红薯，宁肯吃最粗糙的糠粑和观音土，弟弟屙不出，肚腹肿胀，母亲用手去抠他血糊糊的小肛门。过路人怨道："你这个当妈的，为什么要给他吃这种东西嘛？""他总是觉得好吃吧！"母亲的回答总是轻轻的。

细细端详手里的这棵小草，越看越觉得是一道神谕，我相信我自己找的一定比买的更有药效。而叶片为什么对生呢！一定是对生着母亲和女儿彼此的属望，对生着这世上最微小的祝愿和最伟大的奇迹。一个我看不见的神灵，正在暗中帮助我寻找人世间所有对叶的小草。我的腰弓得太久，直不起身，田坎就马上变成缓坡让我顺势一躺；正午的太阳晒得人要中暑，立即就有一片白云飞过来给我戴上。母亲，我相信这些都是因为你无处不在的爱的缘故。

采集了一个7月。

采集了一个8月。

每天早出晚归，陆续将采得的三四十枝半枝莲用水洗净、晾干。

行李袋已装得满满。

9月，我登上火车，火车听见我的心跳，一路上用四二拍子重复着"母亲母亲"的呼喊。

半年后，弟弟来信说："母亲死了，半枝莲还剩下一箩。"

剩下一箩人间的痴情。

我无泪。我无言。这对生着淡紫色叶片的半枝莲哪，从此你是我唯一不敢采集甚至不敢触碰的祭品！

白　塔　下

1

一张温热的背。

那叔叔把我背到家，和母亲说了几句话就走了。这不是城里三家巷那个家，这是乡下，白塔下，一间茅房，一盏油灯，伴着母亲、哥哥、弟弟和我。母亲在轻轻哭泣，她哭泣的姿态是冰。

夜将一切冻结。

这是我最初的记忆，我四岁。

我们的家在天上，我们到人间注定要吃苦的。母亲柔柔地说。像是说给我们，又像是自言自语。

我们就住在这里，自家二公的屋檐。有人送给破衣破被，是谁送的，记不得了。

每天，妈妈带着我们去泥巴湾那条石板路，总能带回不少的红苕和胡萝卜。

我们就吃这些红苕和胡萝卜。吃久了，胡萝卜闷人的味儿，像药。故乡就是这样在我初初记事的脑海里，留下了一丝淡淡的清香与苦涩。

<h1 style="text-align:center">2</h1>

成渝铁路通车，一群小孩子都拥挤过河去看，人山人海，我拼命踮高我五岁的脚。我看见火车头了，像牛鼻子那样喘着粗气，喷出一团雾，接着一声大吼，耳朵被震聋了。

火车，铁路，念着就好听。我好像觉得我从前就和它有联系，我以后更需要和它有联系。

铁路给我们一家带来生计，它需要好多铺路的石子。沱江沿岸，到处是小坑，是挑石子、锤石子、筛石子的人群。我们一家也在筛石子。肚子饿了，我请求妈妈，回家煮饭吧！妈妈也请求我们，再捡一点儿吧，等下一趟火车开过，我们就回家。妈妈的声音总带着极轻极柔的微笑，不容我再说什么，只是盼望着下一趟火车快些开过来。

下一趟火车带回了我的大姐，真是好火车。我的大姐，在成都平原崇庆县邮局工作的那个大姐，回来了。我们和七姨八姨家一大群孩子，前呼后拥，扯着喉咙，打着节拍：

"大——姐——回——来——了——！"

十九岁的大姐脸洗得多么干净、漂亮。"你像个干部！"我说。

大姐是我们家的女神！

那次大姐回来后，我硬是缠着要跟大姐去。为什么，是乡下太苦吗？当然苦。我已经读书了，在城边马房街小学，离家有六里路。家里买不起斗笠，买不起那些大人穿的带铁爪爪的钉子鞋。下雨天就在我的鞋上拴两道谷草，顶一个背篼挡雨。我看不见路，摔进河里了。河边一大片巴茅，不准随便割，但我六岁的影子小巧玲珑，总能躲过大人的眼睛。我还钻到巴茅丛深处，专割小巴茅。小巴茅梗实实贴贴，熬火，不像大巴茅叶子锋利，不熬火又容易划破手。在我家柴屋里，我割的巴茅堆成山。

我不怕苦。割巴茅对于小小的我是快乐。能为妈妈分担家务就是快乐。哥哥小时候板栗刺掉进眼里，抽过脊髓，这只眼睛没保住，人也痴了。弟弟呢，比我还小四岁，这家里，我明白我多重要了。

但我还是缠着大姐又哭又闹："带我出去嘛带我出去嘛！"仿佛命运在暗中指示我非去不可。大姐终于答应了我，她说她要回去跟组织上谈一下，我太小，得把年龄稍稍写大点儿，下次回来接我。

几个月后，我登上火车，往成都驶去。我惊异路上行人，为什么都退着往后走。大姐说他们是在往前走，人走得慢车走得快。我使劲看，看清楚了，就是在往后走。为这事我迷惑了两三年，暗自认定这世界上就是有人退着走。

就这样，我告别了六岁时的家乡。

3

像是从饿牢里放出来的，白米干饭豆腐汤，我一顿要吃两碗。崇庆县邮局，兴吃包伙，每月大人八元，小孩儿六元。

"比我们还吃得多，要交八块！"没几天，有几个干部样的大人就叫嚷起来。

我很难过，我第一次认识了自尊心。在乡下，妈妈不会这样说。就是多掺一瓢水，也要让我们吃。我想念妈妈、哥哥、弟弟，想念镰刀、背篼和捞柴的竹扒。我不该到城里来，我又缠着大姐："送我回乡下去吧！"

我似乎真的长大了，十岁以后，大姐放心让我独自旅行于成渝线上。开车前，把我交给一个列车员或同座的大人，请他们到时候提醒我下车。于是，年年寒假、暑假，我都能回家了。

下车后的那个高兴哟，我拉着妈妈的手，一路小跑一路摔跤，叽叽喳喳。妈妈说哪里来的闹山雀。我是从城里回来的有钱人，我把积存的零钱倒出来，表姐、表妹、表兄、表弟，每人三分。

我跳舞："找哇找哇找哇找，找到一个好朋友。"

妈妈揪我的肥屁股："我的毛儿，长得泡酥酥的。"

我揭开一个一个土坛子，是妈妈为我炒的胡豆、花生、红苕干。

我挨着妈妈睡。妈妈身上有一股好闻的只有妈妈才有的味儿。

好日子总是转瞬即逝，又该走了。

四只鸭子摆着内八字，摇摇摆摆走来。母亲已决定杀掉那只眼睛总是睁不开的鸭子，为我送行。

"不要杀嘛，我不吃。"我这样请求。鸭子睁不开的眼睛就像哥哥，杀鸭子就像杀哥哥。请求不成转为祈求，祈求不成转为撒泼，我号啕大哭："不要杀这只鸭子嘛，不要杀嘛！"

离别的火车站，又是我的大哭。毫不知羞的大哭。"我不走嘛。"母亲又将我交给一个大人。车开后，我还要哭一阵子才收场。那个陌生大人很大方，为我买了盒饭，我坚决不吃。我要抗议他用三角钱的盒饭就把我从母亲身边骗走了。

4

二姐要到内江演出。

二姐所在的残疾军人演出队已走遍大江南北，拍成电影，被誉为"最坚强的人"。我的二姐，十四岁就雄赳赳气昂昂跨过鸭绿江的二姐，那么多鲜花、掌声，那么多英雄的叫喊声，好光荣啊！演出队中唱四川清音那一个就是她。

二姐得知要去内江演出的消息，就给妈妈写信。她告诉妈妈哪一天乘哪一趟火车路过资中，到时她将持一束鲜花对着白塔挥舞。

俨然一项使命，她心潮澎湃。战友们都在聊天、玩扑克，她想告诉他们，快到了快到了，就在那白塔下，有一缕炊烟，是她的家乡。每个人都引以为自豪的家乡！战友们把一条腿、一条胳膊、一双眼睛留在无名高地也都是为了保卫家乡！家乡是一片土地，一片乡愁，一个人——母亲！

家乡到了！她想大声呼喊，想对所有的人说！但是不能啊，家乡对于别人是骄傲，对于我们是啥呢，不知道。她默默地走到车厢与车厢交接的门口，掏出昨晚演出后接受的英雄鲜花，摇哇摇哇。白塔逼近了又退远了。竹林逼近了又退远了。那茅草屋为什么倾斜着，像要倒塌的样子？

在通往河边的一长列石梯上，她终于看见了一老一小，那准是母亲和弟弟了，她似乎已经听见了他们的呼唤，泪流满面，用一束花打旗语，向着可望而不可即的对岸，摇哇，摇哇！

江面有薄雾，迷迷蒙蒙。

直到1968年母亲患癌症到成都检查，二姐讲起这事，母亲才说："那一阵，我们都集中到后山修水库去了。"

5

1961年9月，接妈妈信，说哥哥快要死了，天天念着毛毛的铁破汤糖浆，天天喊着毛毛要回来了，我要好了。这时我已经到了农场，我去向一位领导请假。

"你怎么就知道你的哥哥要死呢？"停停又说，"他死了你回去还有什么用呢？"

他那轻松悦耳的口气犹如一柄羞辱的大刀，从我头顶直劈到脚跟。我发抖。我慑服于他的权力。我只能忍耐。

两天后，再次向他请假。没想到这次准了，半个月。

哥哥害的肺病，没有服过一粒药丸一滴药水。我看见街上药铺的大牌子写着铁破汤糖浆，治疗肺病特效药，如遇救星。我只有三块多钱，只能买一个小瓶装。

我与几位同校来的同学换了当月糖果票，一个小木桶装着十个蛋糕，我回乡下去了。

每天蒸一个蛋糕给哥哥吃，那是哥哥和我都极为享受的甜蜜日子。五天以后，他就只能吃半个，小半个，一口，最后一口也吃不下去了。

假期到了，母亲送我上火车。城区，荷花池旁边的公共厕所，母亲蹲在厕所里就起不来了。我连拖带拉把她扶出来，移到对面的台阶上。

啊！母亲像是死过去了。我惊恐地呼叫，惊动了"菩萨"——正好有三个从县人民医院下班的医生——快快快，这儿有一个休克病人！他们一人按住妈妈的手，一人掐住妈妈的人中穴位，一人用香烟熏点脑门囟。母亲活过来了。

母亲住院了，病危，一进院就要我签字。

安顿好母亲，叮嘱她晚上好好休息。万般不舍的我又沿着河边的沙坝子奔向高高的白塔。白塔下那间用高粱秸编成的茅屋内，一人的生命在挣扎。

晚上的哥哥，日子最难过。呻吟不止，几十次坐在尿桶上，只能靠我抱他。

"毛毛，去把妈妈喊回来嘛，我想看她。"

"毛毛，去把妈妈喊回来嘛。"

"去把妈妈喊回来嘛。"

哥哥一夜恳求，一夜拉大便。一定是肺和肠子都烂了，才这样恶臭熏人。我发起脾气来："妈妈，妈妈，就是你，就是你，妈妈都要死了，就是你，就是你呀！"我说完大哭。哥哥已没有力气争辩，还是不停地恳求我喊妈妈回来。这是母亲住院的第三天早晨，我觉得哥哥不行了，就换弟弟去医院。我抱着轻如秧鸡的哥哥坐在尿桶上，刚坐上去，他头一偏，就断气了。

这时我反倒一点儿没哭。我把弟弟追回来，两个人把哥哥抬放在地上。弟弟去喊母亲，我听邻居的话用谷草拴住哥哥的两只脚。哥哥冷得太快，脚踝已僵，不能并拢，结果右脚外撇，扳不正了。我又去弄了一些柏树丫枝，熏烟。

我冷静地做着这些事。

哥哥终于摆脱人世之苦，回我们天上那个家里去了。我和他苍白的遗体都有同样的如释重负之感。

"我的儿啊——！"一路低沉的颤音传来，哥哥的死，母亲最难受。我也难受，特别难受昨夜对哥哥发的脾气。许多年我都在深深忏悔。

按家乡规矩，出殡棺材不能由自家人抬，不能放在地上歇气。而我的哥哥，是由我和弟弟抬着、拖着、歇着、撞着，一寸一寸投送到他的归宿地的。我不知路旁的石头把哥哥撞疼没有，不知刺藤把哥哥伤着没有，我的最可怜的傻子哥哥，你可以好好睡了。

母亲的病不见起色，续假一周满了，我又该走了。

弟弟送我。

我们先在街上用仅有的钱给母亲买了一服中药，弟弟抱着这包药。沱江，被卵石滩隔成两弯，我独自被小船送到对岸。

毛姐——弟弟拖长的声音在喊我。他朝着我往火车站的方向奔跑，边跑边喊，边喊边哭。我能看见他停下来抹眼泪的样子。他抱着的中药袋被距离模糊成一只白鸽，这只白鸽始终敛翅偎在他的胸前。

啊，一鞭残照，两意徘徊。我受不了，我高喊："弟弟——过来——过来。"

我看着他上了小船走过河滩又上了小船。弟弟来了，我们抱着，正要大哭，我突然清醒，火车就要开了，母亲还躺在床上，快回去吧弟弟，就上这趟小船，快回去吧。

我没有目送他的小船，没有再看他一路小跑一路抹泪，没有再看他胸前的白鸽。肝肠寸断。我大步往车站跑去。

火车，你载不动我的十五岁呀！

6

在果园，我有七年之久不能回家。

一位好友会唱《秋水伊人》，我要她悄悄教我。从此我常常对着嘉陵江唱："望断云山，不见妈妈的慈颜。"

从此我常常望着天空发呆。我感觉到了我触摸不到的天空其实很沉重。

我听到遥远的海，我从未见过的海，其实在破裂，在咆哮。

1964年深秋，一封烫得让人颤抖的信，说家里又被火烧了。

这是一个白天，妈妈和弟弟都到坡上出工去了，得知失火，跑回家来，已是一堆灰烬。又是隔壁不小心起的火。

深秋的寒意袭来，我牙齿连连打战。天哪，眼看就入冬了，我的妈妈吃什么、穿什么、盖什么呀？我哭了。

爱是徒劳，怨又不知向谁去怨。没有一个故意与我作对的实体，却又步步荆棘。命运在第一个环节出了错，就要这样一步一步错下去。错成了一股风。错得如此干净利落，不留痕迹；错得如此逻辑，甚至不像有错。

梦。幻觉。错乱。火焰。到处是火焰。太阳的火焰叫嚣着要喝干我的血液，江水的火焰翻涌着要淹没我，竹林的火焰如万竿凄厉的风。火焰手指随时可以抹掉我，如抹掉我的茅草屋，如抹掉一把草芥。

一个少女浑身披裹着火焰站在那里，剔剔透透。像我。像发高烧的我。像我年轻时的母亲。揭开火焰，我醒来。

冬天让人坚定。我对自己说："要坚定。"

7

我们不是和你商量，而是给你一个不可抗拒的通知："今年春节我们三姐妹都回家乡过年。弟弟已决定宰一头猪、一只羊。"什么都好了，这一年，1980年，我从农场调到北碚文化馆，这是二姐寄往新址的第一封喜气洋洋的信。

母亲坟头已开过十一度桃花，节日的光辉在这里悠闲宁静。伴随她的是多少升起又陨落的星辰。我褴褛而端庄的母亲，你眼睛闭上就不再睁开，却让你头上的艾草越长越高。母亲，你住在我们心中那片永恒的圣地。

这就是团圆哪！几十年了，第一次团圆。弟弟忙得不可开交，要灌香肠、要熏腌肉、要挑水，二十多人一天要用几十挑水，于是，洗脸漱口，一大群鸡儿、鸭儿、人儿，统统邀下河去。

被践踏、被蹂躏的沱江，见不着伤口和血迹，它此时格外清澈。打鱼船船头的鹰，不时向我们炫耀它刚从水中叼起的战利品。

是的是的，什么都好了，弟弟已不是那年的弟弟。弟弟已成为周围几十里有信誉的兽医。过年了似乎猪也凑热闹，约好同时发烧打喷嚏。从早到晚，病家派来找他的人多得很，打一针收两角钱，病家还给他煮荷包蛋。弟媳玉华学会了缝纫，今夜她要加一个通宵的班，明日初一乡亲们要穿一身新。

我嚼着鸡肉，喝着大土碗的转转酒，这双筷子这个碗是母亲的。我九泉下的母亲我的忘川，忘川可以忘记一切，但我不能忘记我的忘川哪！

> 是缺柴，是少炭
> 煮一顿团圆饭用了二十年
> 嚼得烂的是鸡肉，嚼不烂的是思念
> 人世间的泪雨，溢出了杯盏

这大地到处布满昨天的河流。

往事不落叶，总是那样郁郁葱葱。

饭毕，小院坝拥来二十几人。大姐、二姐、毛姐，我们来接你们到高头大院子去，全队的人都在那儿等着，要听二姐唱歌。

乡亲们还是那么爱我们，无论几十岁的公公婆婆或几岁的孩子，都一律称我们为姐。我们还是我们家乡的孩子，我们被簇拥着上坡去了。

大坝子，果然是晒谷子的好地方，开会的好地方，大坝子果真站了一百多人，老老小小，一大片。

二姐从小唱歌出名，乡亲们听惯了她童年的歌声。她站在台前唱了几首雄赳赳气昂昂的歌，忽然有年轻人喊："二姐，唱一个《小城故事》，唱一个《丽达之歌》！"

我和二姐相视一笑。你以为乡下人就好对付嘛，才不哩，大家跟着起哄："《小城故事》《丽达之歌》！"

不知谁家的婆婆端给我们一杯很浓的糖开水。

掌声，一百多人的掌声。一片竹林，一片江水，一片小麦地的掌声，我的家乡的掌声，母亲的掌声。让我感到温馨、充实、肥沃的家乡的土地，你滋养着我，制约着我，营养着我，我们姐妹深深地爱着你。

弟弟的女儿，七岁的小菁站在高板凳上，手背着，像指挥、像首长、像监察官，环视一圈之后，指着左边大声喊："还有几个人没有拍手。"

8

诗歌《汗水》获全国中青年诗人优秀作品奖，奖金一百元，我要给弟弟五十元，会一完我就直奔乡下去了。这是1981年5月。

刚下过雨，从五里店到白塔的小路，全是淤泥。胶鞋陷进去就拔不出来，只好打赤脚。这不是路的泥巴小路，温热、滑溜溜，弟弟几乎是拖着我在走。路的那一头，是昨天才踩过的京西宾馆铺满掌声的红色地毯。家乡的泥巴路是在用体温告诉我什么吗?

同年7月,涨大水,沱江直立起来,浑浊而野蛮。肆无忌惮地往两岸扑去。在还差一米到达我家竹林的时候,它终于失去最后的力量,瘫软下来,一步步退回原地。

我熟悉的河滩、道路、菜地,全变样了。放出去的鸡鸭,找不到家。

老河滩,种甘蔗种麦子的高产坝,小时候我钻过的巴茅地,就是护卫这片高产坝的前沿将士。20世纪60年代一个模式造梯田,沿江巴茅被砍掉并被斩草除根。从此高产坝失去护卫,一点儿小风小浪都要咬它一口,更何况这穷凶极恶的六十年不遇的特大洪水猛兽。

土地被冲走,剩下一坝又冷又硬的鹅卵石,鹅卵石,你是盘古的鸡蛋还是我家乡的眼泪一颗颗变硬?河滩小队的庄稼人没有庄稼可种了,我弟弟一家又在河边架起筛子,全队的人家都架起筛子,与三十年前情景一样。但是,这不是三十年前那架筛子呀。

家乡,我的手,不只想抚摩你冰冷的卵石!

9

1984年11月,资中县文化馆要我给家乡的诗友们讲点儿什么,省作协温舒文老师也是资中人,他和我一起回去。

11月,人称小阳春。早晨薄雾,中午太阳高照。在农场这是采收柑橘的季节，在农村这是点麦子的季节。

我只能在家乡待两天，因为我要赶去成都开会。我是四川省文学院第一届学员。

在成渝线上往返了几十个春秋，回到家乡，从来是出小东门穿沙坝子直奔白塔。从没有在大街上闲逛过，不知道我的船城头在哪？尾在哪？桅杆在哪？今日进得市区，逍逍遥遥，观一街新楼，赏一路大篷车新式服装，方知家乡也同样进入了20世纪80年代。县文化馆设在文庙内，文庙干净幽香，有一股淡淡的书斋味儿，老了要是能住在这里多么好。

上午讲了半天，我刚去过雁荡山、大兴安岭，记忆还新。弟弟说："毛姐，我还不知道你会讲话哩。"

午餐，在河边一家雅致的小馆，邻近我尚有记忆的三家巷。不断端菜来，弟弟直嚷不要菜了，别人当然不听他的，照例端来中国普通宴席的标准的十菜一汤。我的弟弟从未上过餐馆的宴席，他不知道十菜一汤。晚餐，他声音更大，还生气了："不要了不要了，硬是吃不完了。我看着我的弟弟，无比酸楚。"

走夜路。被风云儿番搓揉的月又圆了又亮了。夜风卷过白色沙滩，和我们一路小跑。向我们层层围拢的寒气，可透又不可透。我问弟弟：

"怎么不去当个万元户？"

"怎么当？像电视上那么当。"

"可是没有公路没有电，汽车进不来，副业、商业、工业进不来，万元户又怎么进得来？"

"那么，又有什么办法能修建一条公路呢？诗人姐姐，你这无用的诗人、无用的姐姐！"

回到家，弟弟还念念不忘那席上的剩菜，他对玉华说："那里要是喂口猪，三个月就能催肥！"

第二天在河边点麦子，这两年沱江涨小水，又涨来一层浅浅的潮泥。河边又能种三丈到四丈的庄稼了。玉华打窝儿，天杰挑粪，我和小侄女挑水。

这一年，我三十八岁，生命突然荣誉起来，别人称我诗人。这时我想起另一个女人——我的母亲，四岁时一个叔叔把我背到乡下的那个凄绝的夜晚，她也是三十八岁。

10

只要出差顺路，无论是去还是回，总要设法在资中溜下车。

何况这次买了一台傻瓜相机。大姐要我回去给弟弟家里照一些相，也给附近的乡亲照一些。我背着傻瓜机，做出一副聪明的样子，站起、蹲下、横着、竖着，将白塔巍峨、将白塔倾斜，尽情摆弄我家乡的山水。

我靠着竹林照了一张，我和家乡的竹林一样，从来没有挺拔过，从来没有折断过。

百塔下，生命因苦难而端庄。

照了好多张全家福，今天阳光真好！家家都说从来没照过彩照，人人都夸毛姐姐的相机硬是好。那么就让姐姐的彩色对准你吧。你看这一家子又是打又是骂，骂这个衣裳没扯好骂那个红绸子没扎好。然后什么都好了什么都不吵了。老人坐中间，夫妻坐两旁，孩子们站后边，端端正正，对着毛姐姐一齐大笑。

那些缺牙，那些白发，那些抹不平的褶皱。

我也笑了，在白塔下，在故乡温馨的土地上。

大　姐

　　在弟弟的土场上，我久久地看着这只母鸡。它奋力用嘴壳啄食，并挥动两只爪子，将啄松的土粒、谷种、虫子，往后刨给紧跟着的几只小鸡。

　　我突然觉得，这只鸡的形象，多像我的大姐。

　　大姐把自己变成母鸡，是在她十七岁那年。十七岁的大姐，文静漂亮，活泼天真，本应变成百灵或天鹅的。

　　那一年，她在重庆正阳学院读一年级，收到一封信：

　　"你是家里老大，你要把弟弟妹妹拉扯长大。"

　　她辍学了。她需要立即找到工作。去泸县考上了川南军区文工团，过几天就要整编为15军开赴朝鲜。穿上那身军衣军裙，虽是大得可以兜风，妩媚中却也添了几分英气。

　　去泸县时，在邮局做小职员的舞场鼓手张，送她到朝天门码头。他们是迷迷蒙蒙的朋友。

　　大姐正忙着集训、整编，忽然二姐的信到了。二姐已经早她一步随15军文工团去了朝鲜，弟妹尚小，大姐不能走了。

她考进了邮局。

1952年，大姐十九岁，我六岁，大姐从乡下接走了我。大姐给我买了一双二十六码的红胶鞋，这双小脚印从此紧随大姐，成为她的拖累。

我们登上火车，与母亲告别。到了成都二姑家，已是夜晚。二姑疼我，为我盛了满满一碗排骨汤。我突然哭了（一路上我都没哭），我不吃。怎么说怎么劝我也不吃。妈妈在家里饭都没有吃的，我还要吃肉，我不吃。

大姐让我去买鸡蛋糕，我买了一个，递给大姐。大姐问我怎么不买两个，自己也吃一个，才三分钱一个呀！

这是最初的两件小事，让大姐心痛了一辈子。

大姐是我们家唯一能挣钱的人，四十元月薪抽十元寄给母亲，还养妹妹。而我八岁时害的肾炎，用去上千元药费，大姐她整整还了六年！

我永远是大姐的影子。大姐谈恋爱，我跟着在一边；大姐结婚到重庆，我跟着到重庆；大姐生孩子，我跟着去医院；大姐下放农村，我跟着转学去农村。大姐哭我哭，大姐笑我笑。直到我去了农场，成了家，还是大姐割不断甩不开的牵肠挂肚的小影子。

大姐由于疼我，总是千俭省万俭省省下东西给我吃，在农场，我们家仅有的猪油、肉、白糖，甚至糯米、红苕、洋芋，都是大姐托邮车翻山越岭带来的。我知道，这些东西都是她从自己嘴里"抠"出来的。

小外甥张强，是大姐的独儿。但后来张强却有了个妹妹张蓓，这张蓓第一任其实就是我的女儿夏夏。原因是夏夏一岁半时，我有了炜，我知道我无力再养一个孩子，而大姐爱女儿又缺女儿，加之夏夏在我身边三天两头儿的肺炎，挨针灌药十分可怜。听老人说换个环境也许会好，就给大姐送去了。于是，大姐添了个一岁半的女儿。

很快蓓儿就忘了我。她只知道每天和她一起的就是妈妈和哥哥了。哥哥的自行车，多了一块小坐凳，"哥哥骑得好。"妹妹真乖，一坐上车就念。

这几个月我肚子里装着炜，眼睛望穿千里想念着夏，坐在桃子林的大石头上，痴痴望着远方的云，我想女儿想得哭了。唯一能去看她的机会是产假。为了看女儿，临产前我独自坐火车去了。

我没有想想，在漆工车间做繁重劳动的大姐，带着刚满两岁的夏，还要照顾月子和婴儿多么艰辛！我没想想让十五岁的正在读书的强每天为我杀鸡、炖鸡，为我倒血纸、洗尿布，多么脏多么累！

满月后我回重庆，大姐送我回家，并将女儿带上给她父亲看一看，显一显。如今的小夏长得又白又嫩，极其可爱，根本就不生病了。谁知这一看，夏夏的爸爸和婆婆是怎么也舍不得孩子再走了。落得大姐独自洒泪而去，回家后无处发泄那满腔的挚爱，竟大出血一场，住进医院。

我又想起那只母鸡的形象。它一边啄食一边用两只爪子往后刨的情景让我无比感动，而母鸡孵蛋的一幕更让我惊心动魄。有谁见过母鸡孵蛋的情景，不仅孵鸡蛋、鸭蛋，甚至还孵鹅蛋。鹅蛋大，孵的时间是鸡蛋的三倍，有时要孵整整一个月。

那母鸡伸展双翅，抱着一窝鹅蛋，全然就是抱着自己的孩子。刚出窝的鹅儿一身绒毛，黄球球一样的生命滚了出来，两天后便显出天生的一派绅士风度，小小年纪走起路来大摇大摆踱着方步。母鸡这时讨好似的走到鹅群中间，张开羽翅，半蹲半跪，继续做出孵的形态，而鹅仔们已不认识它。

"一只七八斤的母鸡孵了鹅蛋下来，只有两三斤重了。"弟弟说。

难怪这只鸡这么瘦弱，走路偏偏倒倒。

我大姐又何曾不是一只孵鹅蛋的母鸡？第一任张蓓回家后，她又招来弟弟的女儿吉，甘作孵鹅儿的母鸡。

吉是从农村去的，面黄肌瘦，正害着肝炎。又是这只母鸡一啄汤一啄药一啄心血将她治好。

1987年夏天是两个"鹅儿"的命运抉择季。一个考上了大学，一个考上了技校。我们全家举杯庆祝。我的第一杯酒要献给两位姐姐，两位哥哥，尤其两位哥哥，本该是龙是虎，也都和姐姐一样沦落为鸡禽而始终无怨无悔！

且说第二任张蓓读的这技校，要缴学费三千元，单位与自己各出一半。一千五百元，对于我们，真是个不小的数字。每月从大姐工资中扣去四十元，一月月慢慢还清。再加伙食费、零用钱，蓓儿一月得花去一百元！一百元，退休后大姐的全部月薪。

花一百元读书为别人她高兴，花一角钱坐车为自己她心疼。大姐，你当了一辈子会计，还是不会"算账"！

蓓儿是邮车站孩子中考的第一名。如果你看到张哥举着蓓儿的录取通知书，气喘吁吁奔上楼来，高兴得泪流满面的样子，鸡仔、鸭仔、鹅仔们，你们该怎么想呢——张哥患胆结石一周前还住在医院里呀！

大姐又去一家"公司"打工了。大姐的胆囊、心血管都有问题，怕她挤车出事，我们是硬性命令她从原先那家公司退出的。可是这只母鸡为了将鹅蛋孵成天鹅养成凤凰，只好拼了。

偏偏身体又不争气，才去干了几天就发高烧，急性扁桃体炎，炎症迅速往下呼吸道蔓延。一环路立交桥上，她一身灰尘，满脸憔悴，分不清东西南北。她负重的侧影令路人心疼，令车辆缓行，她几乎是爬着回来的。

"公司"的钱实在不好挣，一个萝卜一个坑，那是切切生不得病耽搁不得的。那小负责的骂她、吵她，她忍气吞声——大姐的脾气，什么时候能做得到忍气吞声？她欲忍不能，欲泄不行。鸡呀鸡呀，就是金米一堆，我们也不准你去啄了。

她晚上答应了我们，早晨起床就反悔："还是挣几个钱好，暑假夏夏、炜炜来，用钱就宽松了。"

看哪，彻彻底底一只母鸡的形象！我相信这辈子大姐是不能变成别的任何一种什么了。她的爱微小而伟大，没有尽头没有终点。

老鸡圈灿烂夺目
它崭新的笑意
来自这群清一色穿黑衣的女子
那领头的一只，挥动两只爪子
将找到的仅有的谷种、虫子
刨给紧跟着的一群小鸡
鸡圈旁石磨默默无语
它的凝视有如沉重民谣……

二　姐

1

二姐再过几个月就满八十岁了。

她的两个儿子要送给母亲一件礼物，而这礼物需要母亲参与才能获得。那就是把妈妈几十年来重要的照片找出来，并由母亲写上文字，文配照，出一本书。

当二姐在电话里告诉我这个想法时，我的第一反应是，忧虑多于点赞。

一个耄耋老人，从未写过什么，要将散落的往事一个字一个字聚集起来固定于纸上，那些回忆、取舍、构思、布局、择字、行文，样样不容易呀！写的同时，还相当于从老年到青年到童年去揭开一层一层时光，让本已治愈的伤口重新露出血、肉、骨头和神经，那会是怎样痛楚的心情！

与多数老人一样，二姐患有高血压，如果因为打腹稿一夜一夜睡不着，血压升至一百八、二百，怎么办？

同时，我又更知道二姐一生的光荣和屈辱、幸福和苦难、勇敢和坚韧是何其瑰丽的一幅画卷。一个十四岁雄赳赳气昂昂跨过鸭绿江，十八岁就腰伤残疾的小文工团员，至今腰部留着一尺长的伤疤……

她早就想写，一直想写，一直憋闷着不吐不快。儿子最知母心，儿子的提议是催化剂，儿子的孝道其实是想帮助母亲完成心愿。

我相信此时二姐最需要的是鼓励，把气打得足足的那种鼓励，我迅速收回我瞬间的疑虑。

我说："写！二姐，写！你只要有个初稿，我给你改！"

2

不久，我去加拿大了。

当我穿行于北美落基山脉的森林、湖泊、冰川之中逍遥自在的时候，二姐在她成都的家中，奋笔疾书。她空调不能开，电扇不能吹，长袖不能脱，由于坐得太久腰痛会复发，她穿上跟了她几十年的钢背心。这时如果有人闯进去，看到的会是一个银发闪耀、大汗淋漓、身披盔甲、老眼昏花而炯炯有神的征战沙场的佘太君！

仅仅一个9月，二姐用光了十支圆珠笔，完成了十万字。

我在信箱里一口气读完这些文字，十分意外，完全不像是处女作。品格如此高远，情感如此充沛，文笔如此美妙，用词如此精准。二姐顺着年代由远及近，几十年岁月娓娓道来，一页一页浸透真情，我读得泪流满面，一直心跳过速。

这是醇酒哇！一罐窖藏了几十年的酒，早已滤掉了一切杂质，呈现出来的只有清澈、纯粹和弥漫四野的芬芳。

二姐不是作家，不懂虚构。她只是老老实实地写，不会夸张不会掩饰，人名地名和年月日都绝对真实。但这并不影响二姐的文字感染力，人品高洁首先保证了文章的品质，线条该粗则粗，该细则细。尤其对细节的恰到好处的把握，使她的笔在沉重中获得了可贵的轻盈。

3

比如一段写上甘岭的：

"忽然，我感到有一股热热的、黏糊糊的液体从体内流出，一摸，啊，是血！我受伤了？炮弹并未伤到我呀！是爬山时被乱石荆棘刺破了？也不是。在战场上流血是常事，我并不害怕，只是悻悻的弄不明白。

"这时秀芬轻声对我说：'小傅，你成大姑娘了。'她找来报纸、压缩干粮的包装纸，一个男战士'哗——'地撕开军裤送给秀芬。

"啊，我的'青春'就这样来临！"

比如一段写与老战友相见的：

"2004年8月，分别四十六年的老战友小黄到成都一个艺术学院讲课，我们相见了。在出租车里，在抗美援朝遥远的炮声中，我们相互在对方苍老的面容里寻找当年小女兵的笑脸。1950年冬，年仅十二岁的小黄和十四岁的我，在四川省资中县一起参军。她是我们文工团的佼佼者，部队培养的舞蹈家，唯一的一位文职女将军。我呢，在朝鲜腰部受伤，离开部队回到故乡的荣誉军人休养院，过着看似平淡无奇，实则波澜壮阔，酸甜苦辣都尝遍的生活。到站了，出租车司机急了，'你们不要下车，就坐在我车上继续说，我太激动了，太感动了。没想到两个老太太都参加过上甘岭战役，一位是残疾军人，一位是将军！'

"我们这时才看清是个年轻的司机，他满眼泪光。我俩果真又坐在车上'摆'了十多分钟。下车时，他坚决不收钱，还一再说，'感动不能用钱来计算！'那一夜，我无法入睡，为我和小黄的相聚，也为那位年轻的出租车司机。"

4

这只是随意剪取的两段，嚼之余味无穷。没有丝毫做作，一切都自然天成。

原本准备在二姐的稿页上大动干戈的我，除了把通篇的付改为傅，几乎没有找到下笔的地方。

我只能对两个外甥说："你们的妈妈太了不起了！"

细想起来，这个八十岁文学新秀的诞生，并不偶然。二姐之前也是文化青年，读过的书比我多得多。从青年到老年，我在二姐家随处可见她的文摘，记了一本又一本。其中有歌德的、尼采的、莎士比亚的，有古人的、今人的，有音乐的、文学的、哲学的，还有养生的。《汉语大赛》，她跟着电视把写不出的字一笔一画记下来，半夜里想起某一个字，便在手心里画，怎么画也画不对，非起床查了字典弄清楚不可。看电视剧《邓小平》，觉得某一处的背景音乐是《号角》中的一段，硬是把曲谱记在纸上反复寻找、查阅，直到获得答案……

这样的认真、执着、学而不倦像一个八十岁的人吗？还要打麻将、做针线、听音乐、拉手风琴，忙得很呢！老年人通常有的无聊、哆嗦、痴呆都与她无缘。

于是我也就常常忘记了二姐的年龄。在我眼里，二姐依旧年轻，依旧美丽迷人，迷就迷在她青枝绿叶般的生活状态！

5

四川省民政厅统计过，全省参加过上甘岭战役还幸存的女兵，而今只有二姐一人，现在二姐住在一个设施完善、照顾周到的老人院里。

今天，她一大早起来，过节一样，准备好糖果点心，等候青春朋友的到来。

成都往西北四十里，再八里，便是龙藏寺，全称四川省残疾军人休养院。十八岁在朝鲜负伤的二姐在这里住了近三十年。

让我掀开围墙上空的绿烟回到记忆：那是白果树、香樟树、桉树、柏树、槭树、楠树，草深及踝树木如拱。我曾顺着纵横其间的小溪去散步，看水清清，见得石子和游鱼，望天青青，见得成百只半头黄鸟与白鹤衔草筑巢；忽一阵降落的啸声，那是鱼鹰在水中抓鱼，鱼多，便吃得极浪费，地上到处扔着缺头缺尾的鱼虾。

在一条小溪我洗脚，看见一片碑林。虽然我没有练过毛笔字，却是极喜欢读字和写字的。周围有亭、有阁，有苏轼的行体，有黄庭坚的楷体，有董其昌、何绍基的草体，并以墨迹双钩勒石。我的陈哥把它们用纸拓回家里，小心珍藏着。

6

这里住着的残疾军人，都是我最崇敬的英雄。

那个柱儿，是他妈妈（一个寡妇）的独儿，他是脑部负伤，受伤时才十七岁。休养院破例让妈妈和他同住。

"柱儿，妈妈喂你饭好。"

"哎呀你看，你看他笑了。他晓得是妈妈在这儿，他笑了。"

其实医生说脑部负伤的柱儿，什么喜怒哀乐全都不知。

他的妈妈一直照顾到他离开人世。啊，母亲！

这是重残。我知道还有不少这样的重残。医生、护士尽心尽力照顾他们。我见过的礼堂都是座椅满满的，只有荣休院的礼堂，将前面大片空间留给了这些瘫痪、截肢断臂摇着轮椅的军人。也许其中像柱儿一样的重残病人已经不能听到、看到、感受到什么了，但休养院还是一次也不会忘记他们。

1960年和1962年我都在这个礼堂看过演出。那个誉满全国的从东演到西、从北演到南的四川省残疾军人演出队，那些被电影称为"最坚强的人"，其中就有我的二姐。

《我们的心永远忠于党》是下肢瘫痪的特等残疾军人刘渝生作的，是由双手截肢的张家琛朗诵的，他举起光秃秃的右臂像宣誓——这是怎样地激荡着人的心哪！

战场上我们用刺刀劈过敌人，
残疾了我们仍是无畏的士兵！

接着，我看见张家琛将扇子绑在光臂上，跳《花儿与少年》。

全身有百分之七十的部位被凝固汽油弹烧伤的涂伯毅，他又跳舞，又唱歌，又是指挥，又是后台，又是灯光。他浑身有用不完的聪明才智与活力。

那个左手截除，一目失明的易如元，他怎么吹笛子吹得那样好？

谁见过这样的口琴合奏：他们六个人才一只手！

7

该二姐出场了，现在好好看我的二姐。十四岁她就雄赳赳气昂昂跨过鸭绿江了，那时我四岁，都不太记得起二姐的样子。几年后的一天大姐忽然带回一个女军人，"你看是哪个来了？""是二姐。"我觉得是二姐。"不是。"大姐说不是，我脸红了不好意思地嗯着。大姐又说是，是二姐，我一头扑进二姐怀中，傻笑着。

第二天二姐就要走，她是一百名残疾军人的带队。年轻漂亮的二姐，完完整整的，哪会是什么残疾？

解开军衣，我才看见那件沉重的钢背心，僵硬了本应柔软的二姐的腰肢。

二姐穿一件豆绿色旗袍出场了，美丽淡雅端庄。她唱四川清音，她唱《西藏颂歌》，她唱《中国人民志愿军战歌》，她的声音有金属与青春的光泽，穿透耳门直奔心灵。无数次返场与谢幕，可见战友和休养院是多么爱她。

与二姐搭档的是汤重稀，这个志愿军手风琴佼佼者，纪录片《全世界人民心一条》是他拉的琴。在一次战斗中他被敌机炸断右手，从此手风琴躺在病床上，不再发出声音。

他痛苦过、绝望过，而他终于将键盘的高低音颠倒过来，用左臂重新举起生命的里程碑，谁也无法相信，他是怎样将生命的力量灌进风箱！

他用左手按键，用光秃秃的右臂打节奏，他仍然是一个乐队出色的风琴手！

庄严而崇高的龙藏寺，我敬仰你！

今天，老人院来了这群英雄，他们用歌声追忆青春！

8

我们全家视二姐的书为珍宝，它在我们家里会代代相传，弟妹们遇到委屈想不开就去读二姐的书，儿子们有过不去的坎儿就去读妈妈的书，孙子们有翻不过去的山就去读奶奶的书。二姐的书里有精神，有情怀，有真有善，有美有爱，二姐的书极富营养，有益健康，但不能仅仅称作心灵鸡汤。

我的亲人们

清　明

回家，回我们乡下那个家。那个家里，有弟弟、弟媳，还有母亲的坟。有小河弯弯，白塔尖尖。只有那个地方，才能将远在天涯的亲人们聚集起来。

年龄愈大，愈是思念家乡，家乡的泥巴路，热乎乎糯滋滋，踩一踩都让人心醉。

又是清明，姐妹三人邀约回家给母亲祭坟。在清明节回去，几十年了这还是第一次。母亲在1969年去世，她没有看见儿女们像模像样的那一天。

母亲的坟头长满苦艾！我和家乡的联系，就在它的一根叶脉上。跪在坟前，任艾草抚脸，凄恻人骨，疼痛入骨，思念入骨，不相信风暴早已打散我们。

祭坟的人群络绎不绝，我将诗稿一页一页烧给母亲。忽一路火炮爆响，引得小孩子们拥向坟头，把个悲凉的事儿弄得热热闹闹。唯有一个三岁小男孩儿声嘶力竭地哭："不要放火炮嘛！"

在我们乡下，男性一律称之为娃，女性一律称之为妹，如果我告诉你小妹、蒋五妹、谢二妹，你一定不知道她们之间的关系。小妹是我的表妹，蒋五妹是她的儿媳，谢二妹则是她的孙女。号啕大哭的小男孩儿是谢二妹的哥哥，大家叫他谢大娃。村子本不大，盘根亲，串来串去串成了一家人。

原来是谢大娃的妈妈死了，那个蒋五妹，长得俊俏身体又好，我上一次回家时，看见她在河边挑石子，身材苗条、饱满、矫健，那张脸出汗后愈加白里透红，就觉得"花儿红得不忍离去"这句歌词是为她写的。

这么年轻轻的，才二十二岁，怎么就死了？她仅仅是得了阑尾炎。我的家乡，仍是缺医少药，头昏肚子痛之类的，都是扯几把草药煎汤喝。小病不看，拖得不能再拖了才去医院。这次是去得太晚了。蒋五妹病逝时谢大娃两岁，谢二妹才出生。两岁的儿子在炮声中看见母亲下葬，从此认定是放炮把他妈妈放到土里去了。

倒是谢二妹太小什么都不知道，她怯生生走近我身边，在泥灰和鼻涕中透出和她妈妈一样好看的脸。没娘的孩子像根草，当然他们不是草，爷爷奶奶很爱他们。我一左一右牵着，蒋五妹的坟和我妈妈的坟一样，已长满苦艾，在阳光下。

不见年轻人

　　人生忙忙碌碌，难得只说闲言碎语。回到家乡，最喜欢端个凉椅，坐在弟弟的晒坝，面对竹林和沱江，姐姐们说家里的人儿事儿，弟弟说家里的猪儿兔儿。说来说去还是家乡好哇，一片树叶就能为我们遮风挡雨。

　　"毛毛——"一个苍老的声音传来，抬头一看是年过古稀的谢三婆提着篮子从河边洗衣裳回来，紧接着又是曾大爷弓腰驼背从河边挑水上来，再是挑粪桶的、背柴火的、打猪草的，一顶一顶白发从眼前飘过。我弟弟家的晒坝边是乡亲们下河、上街的必经之路，这些情景我都一一看在眼里。

　　我们的悠闲与家乡老人的劳累形成强烈反差，我羞愧难当。

　　不能再坐了。索性离开晒坝到坡上去走走转转，一路清风习习，草虫咽咽，而田地里劳作的依然是稀稀落落的老人们。每日荷锄迎送太阳，红苕挖了点麦子，麦子收了栽红苕。挑粪又挑水，栽秧又挞谷，都靠那一把老骨头，而年轻人都到哪里去了？

　　年轻人都外出打工去了，铺天盖地的民工潮，卷走了我家乡的年轻人。去重庆，去成都，去广东，近的就在资中县城，架桥、铺路、蹬三轮车。总之不在家里。

　　是啊，年轻人，谁愿意安于现状，谁不想出去闯荡闯荡，见见世面？而外面的世界是否就精彩？

我家乡的年轻人就这样义无反顾、前赴后继地往外走。年轻人都走了，我的家乡变味儿变质了。

八 姨 父

这一次回来真巧，碰见了从台湾回家探亲的八姨父。八姨父自从可回家探亲后，每年都要回来一次，还带上在台湾的新八姨。他说现在办手续很容易。

八姨父就是小妹的父亲。在小妹的晒坝上，坐满了全村的人。家乡名曰泥巴湾村，村里人串来串去，盘根错节，全串成了亲戚。大家忙着抓鱼捞虾，杀鸡宰羊，不亦乐乎。

七姨年过八旬，是我母亲姐妹中唯一还活着的人。患类风湿多年，手脚关节早已变形，她能活到今天我们都认为是她性格好，豁达、心宽、淡泊，凡事都能化解的原因。七姨早年曾是四川大学英语系高才生，现在还能用英语对话，经她辅导的孙子们，英语这一科都拿高分。她平日行动不便，全靠一根手棍。一次摔伤躺在床上不能动弹，她还自作打油诗云：手中一根棍，形影不离胜儿孙，一日不慎折断了，花去药费七千分。

七姨让我们看见了母亲的影子。在这个院坝里，可谓儿孙满堂，七姨和八姨父就是我们父母辈中仅存的两个人。八姨父自然要将七姨请到中间方桌上方的主宾席。我和新八姨坐在两边，不断给七姨夹菜。

我不断往七姨碗里夹猪肉、鱼肉、鸡肉、羊肉。七姨用那变形的手送到嘴里，虽然费力，但能不断地吃。新八姨则很有礼节很斯文地挑起鲜嫩的油菜，用她那带着闽南音的台湾普通话，把菜送进七姨碗里："多吃点青菜，青菜含有维生素，粗纤维，很有营养的。"阳光软软地照着，我看见七姨微微出汗微微泛红的脸，心里几多感叹。七姨接受的全是肉食，我当然最懂得七姨。看得八姨父惊叹不止，直说七姐胃口真好哇。

这时，归来的八姨父，他早就离开饭桌，站在屋檐中间，背着手踱来踱去，像乡干部来视察的样子。不住地喊大家多吃点儿多吃点儿，满脸的幸福和陶醉。这一顿他什么都没有吃，他就吃大家团聚的快乐。是我们大家，给了他快乐。

饭毕，我的表兄表姐们，各自扛出一个口袋。大表哥的一袋，取出来一看是西装、大衣、牛仔裤。这个新八姨，是个善良慈爱的人。她对姨父以前的孩子们尽到了爱心。一个孩子一大包，单是运回这六个大包，可以想象一路上过关走卡多费劲。

说起衣服，那天我看见一群孩子，都穿着我家儿女的衣服，几十年来，我们在外面工作的三个姐姐，加上侄儿、侄女、侄孙，不知收拾了多少衣服回家，弟弟和弟媳是肯定穿不完的。久而久之，村里人便都穿着我家过去的衣服了。一件衣服一段岁月，一段回忆，好不叫人亲切而怅然。回到出版社向好友们讲起，她们也收拾衣服给我，现在我带回去的花色、样式更多了。

沱　江

我家门前，是缓缓东流的沱江，沱江一向幽绿、清澈，漂满了打鱼船。前些年年轻人还未进城时，大多在河里打鱼。这次回家，看水怎么变黑了，一时没反应过来，还以为是今天城里的某个地方倒了脏物，流过去就会好。接连两天、三天，水依然这样黑，我才痛心地明白过来：我清清的沱江被污染了。

真的，就是两年前，它还是清清的，我以为在被污染的世界里，我的家乡是个例外。可是现在它变黑了。

村里没有人打鱼了，是打不到鱼了。当然也留不住年轻人了。

河边，是一个巨大的河滩，形成回水沱。河边的土地，年年经受水的冲刷。发洪水时，土地被冲走，眼睁睁看着到手的收获付之东流，但同时带来卵石，使得这片河滩更加走不到边儿了。这河滩，它蕴藏的卵石和河沙上亿吨。就地取材，若是办一个沙石厂、制板厂，我的家乡是吃不完的。这一点乡亲们都看到了，有人不止一次想动起来，想办厂，想搞沙石。无奈一个人本钱不足，又无人组织，集中不起来。

夜　　话

弟弟的小屋挤满了人，大家笑着说队上开会还没这么多人呢。一个乡亲忍不住唱了两句："天上布满星，月牙亮晶晶。"由于是春节，在省内做工的青年人都回来了。

我每次回家都这样，一到晚上屋里就坐满人，要听我摆龙门阵。可是今晚他们不想听我摆了。晚饭前还在灶房屋烧火，那个失去右手的小侄儿白平，就叫住我的女儿说："小玲给我说一段英语嘛，虽然我一句听不懂，但你说几句嘛，我想听。"

家乡的孩子们，想听听对于他们完全是陌生的话题。女儿是学外语的，从事外交工作，他们想知道同样年龄的小玲是怎样与高鼻子打交道的。这一夜女儿坐在中间，脸红着，很美丽。

接着轮到当兵十三年的侄儿小鸥，他刚从西藏转业回家，在县政府工作，他讲的西藏民俗及军营生活，把孩子们带进一个更加神秘的世界。我们坐在旁边一句话插不上，只能满脸慈爱做老人。

话题行至天边又回到眼前，回到家乡的路。这条路，从我们村到县城仅六里，已经走了近百年。几年前就听说要修公路，终因财力不足或是别的原因，修了一半又停工。年前家乡政府来信请我们在外面的捐款修孔庙，家乡的事儿我都要照办，捐，但不明白为什么不给公路捐一些。没有公路，河滩的沙石就派不上用场。

生活总是充满真情和矛盾，总是摇曳多姿。我家乡的触觉应该更敏锐更现代一些，我渴望早日闻到家乡机油的香味儿，听到马达的轰鸣声。

小屋的故事

1

秋天，没人管理的果园，广柑虽然稀稀落落，依旧顺着季节黄了熟了。这是不可阻挡的季节，成熟的季节，在这里劳动了七八年的少男少女们，青春潮涨，纷纷恋爱结婚，就像每一棵广柑树都忙着开花结果。

我也不例外，两床被子叠在一起，两床小蚊帐缝在一起，两张小床拼在一起，就是家。

在大床与小床之间的墙角，是食堂丢弃的不能装水的破缸，搁上一块木板，铺以我日夜兼程用钩针织出的台布。一盏自制的台灯，用铅丝弯成瓢形，糊一层粉红色的纸，薄薄的粉红色的喜庆气氛便从这光亮的小角落辐射开来，溢满我的小屋。

果园王家坪队新盖的平房是我家居住的第一间屋子。

姑娘时代的惰性都因为有了家一扫而净。我变得能干了，突然就懂得料理家务了。收工时手不空着，除了扛锄头，还要顺手捡几根柴火。

很快，腹里多了一个心跳，我夜夜梦见大片的黄玫瑰，别人说梦见花要生女孩儿。从来不会裁剪不动针线的我，无师自通，用自己的旧衣服为她缝制了一堆小衣小裙。

女儿出生在8月，取名夏夏。细眉细眼，白白净净。医生给她穿上那件红色的小格子衣服，像个朝鲜族姑娘。我十二平方米的小屋里，突然间就有了女儿，有了奶瓶、尿布，有了那么多挠我撩我的哭声。

五十六天产假一满，就上班。一个四十多岁的女班长，专给这样的"带儿婆"分配最远最累的活儿。她说："上班近了、活路轻了都要分心，要想孩子，要溜回去抱孩子，'带儿婆'都是些最不知趣的人。"

10点，工间休息，我丢下锄头就往家里跑，从床上抱起熟睡的孩子，打她的屁股，把她弄醒。她脸上满是泪痕，显然是哭累了刚刚睡去。我匆匆喂过奶，把孩子丢在床上又往山上跑，这一刻钟的工休我舍不得，我必须分秒必争。我跑着，听她不足两个月的哭声越来越细，越来越弱，细如针穿，弱如虫吟，我心痛极了，决定用一条背带把她拴在自己的背上。

"这样子能挑粪吗？"

"这不是成心磨洋工吗？"

"摸倒摸倒，莫给锄把看脉哟。"

女班长就像没做过妈妈，或者，她曾经非常辛苦，她变着态要把自己的辛劳从别人身上找补点儿回来。

只好找来一个农村的婆婆，照看白天。每月二十三块的工资更加紧巴巴了，但是心里踏实了。我的女儿，至少她不会摔下床，哭的时候也有婆婆抱她哄她了。

果然，婆婆抱着唱着还轻轻跳着："咚咚锵，咚咚锵，妈妈是个毛狗娘。"

没有见过给果树施肥吧，我们从来不像附近农民用瓢舀。每棵树一次要吃四挑至六挑粪水，哪等得一瓢一瓢慢慢去喂。不管男女，我们粪桶就是瓢，扁担不离肩，抓住桶提梁，一头悬着，一头直插粪坑，打满，再用肩力和臂力拉起来。

我刚去时最怕的就是打粪，我六十多斤的体重拉不起一个四十斤重的桶来，扁担在脖子和肩上磨出了血迹还是拉不起来。虽然我的桶最小。不过现在我已经驾轻就熟，当第二只满桶拉起之后，都不用在地上停一下，而是顺势就跑，逢岩跳岩，逢坎跳坎，走平路时还能配合节奏唱歌："小扁担，三尺三，小扁担，三，尺，三……"终于练成了铁姑娘钢肩膀，好不骄傲。

而这次跳坎时没有掌握好粪桶前后摆动的力度和弧度，撞住一块石头，粪桶摔成八大块，粪水劈头盖脸直泼到脚下。"不吃不吃"我直喊。那狼狈相逗得大家笑个不停：

"傅天琳，写首诗嘛！"

"傅天琳，写首挑粪的诗嘛！"

我那时有点儿空闲就会写诗，我在别人眼里是个莫名其妙的人。

回到家里，夏夏扑过来，闻着一身臭味儿，直叫："不要不要。"

"嗯，我的小姐呀，我不是教育过你，牛粪是不臭的吗？变了泥鳅就不要怕钻水田，上天给你的妈妈就是这个样子，你能不要吗？"

那几年，时兴各种名目的"学习班"，含意都不好。我觉得脖子上始终有一根绳子拴着，勒不死，又喘不过气来。一个春天，罗大哥因嘴巴太硬，说话不中听，进了学习班。然后学习班升级，从队部升到场部。几百米之隔，却不能回家。一个秋天，劳累一天之后，每晚要开四小时的会，讲了些什么都忘了，夏夏得以在我怀中躺上四小时，只有她感谢这些会。她笑的那样儿，做出各种过场的那样儿，无疑是向我讨好，要我逗她。可是我只能假装严肃盯住讲话的人，偶尔溜回一次目光，突击性亲她一口。

我家罗大哥脾气本来火爆，日子越苦气越大。又加上孩子生病，学习班又毕不了业，每月一斤的肉票没钱买，眼看着就要作废，心情更加烦躁。他那双坚实有力的拳头也就开始向这间小屋发泄。谁都说打不赢咬也要咬两口，我说往哪儿去咬，他那么大的劲儿，把你两手一扳，你浑身动弹不得，往哪儿去咬?

我气得撞墙。

各家各户都跳出来规劝,男人拖住男人,女人拖住女人,一排男人将他按在床上,不要他蹦起来再打。一群女人将我抱住,不要我蹦进去再被打。但我发疯般地挣脱了她们,趁老虎被按住的时机我使劲抓他的腿,一边哭一边抓。这是一次史无前例的复仇,我使劲地抓。

"抓错了!抓错了!"男人中爆发一串惊诧的叫声。

我不信,我仍然使劲抓。第二天,好朋友郭祝柏卷起裤腿:"看,这就是你抓的。"原来,一只老虎一个人,昨夜穿的同样的裤子,同样的鞋子。

我的十二平方米,我的家,我怎么就能忍受,怎么就没想过要离开你?

日子越来越艰难。夏夏满一岁之前就住了五次医院,害了四次肺炎、一次支气管炎。太多的药费被扣除,太多的事假工资被扣除,我们千俭省万俭省还是入不敷出。

"罗怀净,去偷点儿四季豆吧!"罗吃惊地看着我,面有难色,迟疑不决,很不乐意的样子。偷吃瓜果,对于农场的男人们,有什么值得大惊小怪的。我早就听说过他和别的几位顽童的事迹:诸如摘一大堆柚子来吃,柚子皮一直堆到了肚脐高;诸如月黑头削梨子的皮儿可以不厚不薄连成一条螺旋线。可见实践之勤,功夫之深。

而顽童们吃大果和吃大苦的精神在农场都有相等的知名度，挖土大战，创最高纪录的也是他罗怀净！头天晚上打着手电筒上坡去挖，次日中午挖得中暑发痧，自己吐点儿口水揪出痧症又继续挖。挖完三亩二分四厘的一片大土之后，带着三十九摄氏度的体温回到宿舍。三亩二分四厘是多大知道吗？一个篮球场大约是七分地。比四个篮球场还大，就是用大扫把扫，也够扫一天的了。

　　为了证明这个牛不是吹出来的，场部、队部几次三番用皮尺量。横量、竖量、左量、右量，确信无疑。农垦局印发大红字简报，表彰"民兵罗怀净"，罗怀净，就是这样一个劳模级别的"人物"。

　　当初我们恋爱时，果园里处处是谈情的好地方，处处有树荫、草地、石头、小溪，有花有果。这是6月，浸在晚风中的桃子林，如醉如蜜。

　　"想不想吃桃子？"

　　"想吃。"

　　他站起来，没有一丝声响，四个大甜桃就落入他的手中。他削一个，我吃一个。好吃极了。我在农场还没有吃过这么好吃的桃子，我们平时都是买被虫子咬过的或者落地的果子吃，谁都舍不得花钱买好的。满山遍野伸手可摘的红橘、黄橙、苹果、梨子、枇杷、葡萄，虽在各种时节以各种色彩和香味儿诱惑过我，我的手痒痒的，却始终不敢去偷摘一个。

　　吃完四个，肚子大饱。"还吃不吃？""吃不下了。"

但今天叫他去偷点儿四季豆，也不偷多少，能炒一小碗就行了，他为什么这样迟疑不决？他不肯去。"我们已经两个星期没吃菜了。"我再次请求他。

我当时不明白，我忘了他是个大男人，他是名叫罗怀净的堂堂男子汉。是的，尽管平时习惯吃农场的水果，但那是在山上公然坐着吃的，他认为那不叫偷，哪怕是吃一堆；现在有家了，悄悄去摘，这才叫偷，哪怕是摘一个。何况我要他去偷的是四季豆，是菜，这么滥贱的菜，几分钱一斤的菜，也配得着去偷吗？我罗怀净要偷也该是偷牛的人，怎么落魄到偷鸡的下场？十五年后，他向我说起这些旧事，我为之一颤，才明白耿直、粗野，什么都不想、不怕、不愁，石头打到头上也不躲、不避的罗怀净，原来也这样忏悔过，为了那来路不明的四季豆。

夏夏两岁，添了弟弟炜炜。我们在那间屋的门前栽下的香樟树已有两米之高，从主干又抽生出几道旁枝。待去年我回去看望这棵树和这间旧居时，窗格已经破损，门框的红漆已经剥落；香樟树亭亭的伞盖已将我家的许多甜蜜和辛酸掩映起来。

2

在嘉陵江边的马家沱，我们农场成立了副业队，专业打砖烧砖，供应本农场基建盖房，用不完的还可以出售。我被调去副业队做保管员，这是重用。

一幢破旧的四合院，柱子和墙壁歪斜了，显然是危房。但被木结构的穿斗房架相互拉扯着，一时还垮不了。穿过天井，又穿过别人的厨房，再上七步梯坎，那背阴处，我家可以住上两间。两间，加起来有二十平方米，这对于我有太大的吸引力。

不管它有多潮湿多阴暗，我们还是搬了进去，在1973年秋天。

百年炊烟熏黑的墙壁，刷了又刷还是不白。一座大山壁立屋后，开了一个侧窗，依然终年射不进一缕阳光。山涧有水，一滴一滴，我们就用一根竹筒将水引进屋来，砌了一个水缸，一个灶台。

不久，罗怀净也调来副业队，分在烧窑班。两年过去，他成了真正的有技术的烧窑师傅。

儿子炜炜最喜欢这个新家。被砖机搅匀的坯泥又软又湿，他足以制造一个师的坦克和大炮。我的阴暗的小房间，成了浩浩荡荡的战场。他跟着拉砖的板板车来回跑，去时是帮助推车的人，返时是坐车的人。一身糊满泥巴，糊满机油。

窑口，刚从炉桥下掏出的煤渣，带着暗红的余烬，烫人，烧人，一群灰猫，在抢拾煤炭花。夏夏和炜炜自然也在抢。煤炭花不留情面地烧着我五岁和三岁的嫩手，煤炭灰肆无忌惮地呛着我五岁和三岁的小肺，我不准他们去，可是他们犟着要去，他们捡拾的煤炭花为家里节省了一半的煤炭钱。

1974年夏天，我患肝炎，不得不离开我的家，在市里住院三个月。师傅带着夏夏和炜炜进城看我，炜炜把一个瓷缸放着的两根快要化尽的冰糕伸给我："妈妈，我们仨娘母来看你来了。"

　　姐姐忙纠正："不是仨娘母，是仨爷子。"

　　整整一层楼的病友过来，爱他们，逗他们。

　　"姓什么？""姓罗。"

　　"什么罗？""烙粑粑的烙。"

　　女儿的回答让我惊诧不已，她怎么想得出来是烙粑粑的烙？烙粑粑，这是在我心情好，家里又有白糖有面粉，唯一奖励给小姐弟的零食。时至今日，还是我家的保留节目。我烙一个发一个，他们领一个吃一个。一人一个小碗捧着，躲在屋角，不出声，活像两只耗子。眼睛滴溜溜在小碗里转。那日爸爸下班敲门，炜炜用他的小屁股死死把门顶住，从门缝里递给爸爸一个兴奋得惊慌的笑。

　　1975年，在这间小屋里，我又写起诗来。一个星期天的上午，罗师傅烧窑去了，我和好朋友——"缙云山文艺界"的李晓海在小桌上趴着改诗。我觉得我的《工地广播站》有点儿意思，李晓海来帮助我修改。一边修改一边谈起他借给我读的《杜甫》，书页已经发黄，心随诗圣去了唐朝。小姐弟哪儿去了，不知道；午饭吃什么，不知道。直到山涧水一滴滴漫出缸来，涨过脚背，才憬然回到这间现实的小屋。

从这以后，这水，在这小屋经常泛滥成灾，甚至淹进别人的屋子。倒不都是由于写诗。那日秋高气爽，我们在山顶畜牧队修水池，夏夏气喘吁吁跑上来，贴着我的耳根子："妈妈，水满了，我爬到水缸上，一瓢一瓢舀来倒。我一直舀，水一直满，我舀了两个钟头，舀不动了。"

3

1976年春末夏初，在农场大门口，正对重庆至合川公路旁，在农场环山公路Z字形夹角处，修了一排六户人居住的平房。这平房分别为两个小间，厨房如翼插在左右两侧。我们又搬进了新房。

一间屋子像一个家庭的心态。我们的心态已不像在马家沱那样低矮、潮湿、压抑。挂在前后两个门框之中的，一幅是嘉陵江帆影，一幅是缙云山青松。这两幅活动画，在清晨、在黄昏、在雾中、在雨中，不断变换深浅不一、色调不一的长方形构图。

就是太吵、太险。房子靠着公路，公路又陡又窄。农场的送奶车早晨5点下山来，轰轰烈烈碾过头顶。我们常常闭目祈祷路神，保佑司机小心转弯，别冲下来压碎我们的脑顶骨。

处处是孩子们的天堂，这儿尤其是。一丛竹林，一群板栗树，几棵不再指望有收获的桃子树，一片野花。六间房子放出九个大小相当的孩子，如放出一群野鸡，一只鸡坐栖一桃树，摇哇摇，荡啊荡，好一窝桃源的童子。板栗成熟，用长竿打，一群馋眼睛就在树下贪望着。我怕得要死，我哥小时候就是板栗刺掉进眼睛被刺瞎的。我像念经一样，不断提起此事，警告他们。

他们怎么会是桃花源的孩子？公路带给孩子们的是更为现实的乐趣。农场的车载满最劣等的瓢儿白菜拉上山顶去喂奶牛，在Z字形拐弯处一甩，就甩下一捆或几捆。孩子们欢天喜地把这些喂牛的饲料抱回家。捡白菜捡出了经验，远远看见菜车回来，就去拐弯的地方等着。生怕颠不下来，就先放上一块小石头。山野的孩子，是不是幸福得嫌坎坷少了，还需要增加一些人造的？那天别的孩子不在，小炜独自抱着一大捆摔得破碎不堪的白菜，一路走一路掉，一路急得叫姐姐快来帮忙。那憨态实在像一只笨熊猫。

六岁的夏夏，更大的兴趣是采花。每天，我家的窗台上，都摆满一排——八瓶、九瓶、十瓶——最新鲜的野花。"那时我们家买不起花瓶，我把这些花插在妈妈吃过药的瓶子里。"六年后，夏夏在作文中这样写道。在最大的六味地黄丸中药瓶中，插一束野杜鹃，在最小的青霉素针剂药瓶中，插一枝小桑泡。从大到小，每天摆在我的窗台上。爱美的女儿，从小赐予我纯真和美丽的情感，使我们的小屋充满童话和音乐的光芒。

那天下班，九个孩子坐成一排，各自在面前垒一堆小土，放一圈野花，放声大哭。夏夏、炜炜也在哭。"我的爸爸啊，啊啊啊啊。""我的妈妈啊，啊啊啊啊。""哭丧啊？妈老子又没死！"接着就是各家大人的痛骂。孩子们中断了哭声，十分委屈。他们说看见大人们哭毛主席也是这样哭的，那是1976年9月。

　　我就是在这间屋子被通知到重庆市群众艺术馆开会的，然后得知省里已向农场领导发信，要我去温江参加省里的文学创作会，那是在1977年秋。

　　我不敢回忆我向农场领导问起这件事情时的惊恐不安和小心翼翼。"好大的后门，居然开到成都去了！"我没有去成。

　　长期以来，无所要求，也就无所打击。这时，我日渐麻木的心灵，感到了疼痛。也许作为一个人，我还能有救？

　　而1977年之后，不能不来的是1978年！是1979年！我仍然是从这间屋子走出去的，去了南温泉，去了广州，去了大海；诗歌、友情、海浪、椰子树，唤醒我内心深处种种情感！是啊是啊，我同样需要爱，需要温暖，需要呼喊，需要哭泣。

　　大海归来，第二天是栽红苕。不会因为走了两个月就不会栽了，劳动于我是本分。第三天是采收枇杷。第四天是挑一担被虫子咬过的烂枇杷到澄江镇沿街叫卖，过去也常到街上卖烂广柑烂橘子一类的，还大叫着那一层青霉素吃了医肺病，所以这于我也是本分。我头顶破草帽，将扁担放在路边当座，倒也自如。

这时走来几个毛手毛脚的半大小子，烂枇杷被他们翻过去翻过来，然后一扔："这个烂货，还要卖钱？"

逆来顺受的咱们，双手叉腰，在大街上吵嚷起来。

我为什么这样不能忍受？又不是没被骂过。过去别人指着我们骂"黑崽子"为什么不还嘴？我的忍耐，我的嘴角咬出血丝的极大的超负荷的忍耐，到哪里去了？

不不，从大海回来，我懂得了我同样需要被尊重。

在这间小屋里，远方的鱼雁来得多了，都是关心的，鼓励的，要诗稿的。我乃山中土人，写诗纯属自寻开心，我并未具备先天和后天任何写诗的才能与条件哪！我没有自信心，但仅仅是自尊心就使我不得不在疲惫一天之后，在这小屋里一手握笔，一手摇扇，直至深夜。

如此两个月过去，终于肝病复发，我再次乐得进城住医院，且经常不吃药，医生一走便偷偷倒掉，唯恐病好了就没有时间再读借来的书。说来真是惭愧呀，什么普希金、惠特曼、泰戈尔，我这个时候才请他们来病室做客。

多少人为我努力，重庆的、成都的、北京的。1980年1月，我离开了公路夹角处的小屋。离开了养我、育我、刺

我、伤我的果园。一草一木恋我，一山一水留我，我还是走
了。临行之前，在山上我的好朋友朱文洲（如今是缙云山园艺
场场长，农艺师）家里，朋友们为我准备了晚宴。当时农场情
况已经在变，血统论被批了，我的朋友们分别做了队长、会计
和技术员。

"傅天琳，再为我们写一首诗吧！"

> 你是要划破我金红而甜美的记忆吗
> 高高的橘子树上的刺
> 不，不会的
> 你没有划破赤子的心
> 只是损伤了手上可以愈合的皮

4

我第一次作为城市的主人，欣赏着、呼吸着清新的北碚。
梧桐树举着杯盏，在每一条街道的两旁迎候我。顺着龙舌兰和
迎春花拾级而上，就是北碚区文化馆；在开满夹竹桃白花和红
花的小山上，就是文化馆的宿舍。

一调到文化馆，馆里就分给我一个套间。同样是两间直直
的像火车厢一样的屋子，却意味着人生的转折。每天早晨，走
出这间屋子，下一串石梯，去办公室——哦，办公室，我居然
也坐了办公室，有了办公桌，有了藤椅！

每天下班，又上一串梯坎，回到家里。在文化馆借得一张条桌，我急匆匆跑去百货公司，扯回六尺浅花布，再买一块玻璃板，我的小桌被装饰一新——这下子有了时间，有了桌子，有了安静，我该好好写诗了。

两个孩子和爸爸一块儿转入城里，由婆婆带着。

在这样的环境里待了一年，日不贪食，夜不安枕，六神无主，无诗无为。

我明白必须赶快将孩子接来才能拯救自己。

人民路小学的操场上，站了几十个转学考试的学生和家长。当校长公布成绩并宣布五年级和三年级均只收一名，共收两名，而这两名就是我家的罗夏和罗炜时，难忘当时的我，如步入领奖台一样的荣耀。

这才是真正充实的生活。我的屋子因重新挤满笑声和哭声而获得真正的宁静。

洗衣、做饭、检查作业，我像个电脑控制不好的机器人，不断运转、不断传递出杂乱无章却令人愉快的信息。我喜欢做事但却做不好事，常常闯祸。比如水池明明满了还呆呆看着不去关龙头，比如错把煤铲放进锅里，切菜时总要切到手。

今天星期天，该给孩子们做丸子汤。一早上街买回鸡蛋和鲜肉，蛋在桌子上的碗里，肉在桌子上的菜板上；快刀斩细肉，嘣嘣嘣，嘣嘣嘣，二十个鸡蛋跟着节拍从桌子这头跳到那头，最后跳下悬崖，跌成坏蛋。我猛然醒来——我刚才想什么去了？它们一路跳跳跳，跳了这么久我咋就没看见？

重庆至北碚车票一块二，来回就是二块四，老罗半个月回家一次，宁愿省点儿路费买肉吃。爸爸回来就是过节，做一大桌带花样的菜。比较之下，"还是爸爸做的菜好吃"。他以一当十五，抵消了我半个月的努力。

调离农场时，大床、桌子都归还了，一时又买不起新的。在文化馆借得两张小床并排在一起，儿女各在左右，我在中间，一日《中国青年》三位记者突然来家采访，见我的枕头安在两张床拼合的床沿上，头睡过的凹状还未消失。"你就睡这儿吗？""是的。不过习惯了，不硌人。"记者们眼睛湿了，他们也许可怜我，同情我。其实不必。我已经凑够了钱，找人买床去了。

和一对儿女睡一张床上，听孩子的梦话，闻孩子的体香，那是多么美好的时光啊！

你睡着了你不知道
妈妈坐在身旁守候你的梦话
妈妈小时候也讲梦话
但妈妈讲梦话时身旁没有妈妈

你在梦中呼唤我
孩子你是要我和你一起到公园去
我守候你从滑梯一次次摔下
一次次摔下你一次次长高

如果有一天你梦中不再呼唤妈妈

而呼唤一个陌生的年轻的名字

那是妈妈的期待

妈妈的期待是惊喜和忧伤

炜炜非常喜欢文化馆，有人作画，有人唱歌，有电视，有集邮展览，有每晚7点半准时响起的川剧锣鼓。十次打锣十次有他，他迷上了川剧。伯伯们见他就笑："谁说川剧观众后继无人，请看罗炜。"1982年暑假去成都，一到大姨妈家还未洗脸喝水，他就腰围浴巾，一声拖腔"儿啦……"从里屋以磋步走斜线到客厅，真是惟妙惟肖，笑得我们前仰后合。我想如果我们一直住在文化馆，家里说不定会出一名川剧演员。

多亏我有左右二将，文化馆分废木材，一人一堆。我的二将沿着台阶飞上飞下，以最快速度全部搬完。然后，小炜学着他爸爸的样子，把木材架在板凳上，右端冲出要锯的一节，左脚用力踩着，双手握锯，来回推拉得煞是有劲。虽然姐姐比他大两岁，但他认为力气活儿理所当然该他干，他是男同学！他那架势把隔壁的伯伯阿姨全都吸引了过来。

常有青年来找我，谈心，谈诗。我在文化馆做的这个工作，除了白天到办公室的，也有夜晚到家里的。一日，来了一位衣冠不整穿着拖鞋的小伙子，洪亮级唇枪舌剑，我无力招架。孩子们以为在吵架，很害怕。那人走后，一双大眼睛眨巴眨巴来到我房间："妈妈，不怕了，以后没有人来找你了。"

小炜把我拖出来，绿色油漆门上，多了一行墨迹湿湿的字：

"我的妈妈不在家。"

我确实经常开会出差，王庄老师就带着他们去"下馆子"，并由小姐弟点菜。姐姐必点炒猪肝，弟弟必点鱼香肉丝。跟着王伯伯"下馆子"吃得好，姐弟俩对我中午不在家并不在意。但夜晚妈妈是必须在家的。1981年年底市里开文代会，我搭乘12点到站的夜班车回家，风在吹，雪在下，12月的夜晚空旷、静寂，好冷啊！在车站的路灯下、在飘落的雪花里站着两个孩子，我立即意识到这是我的小夏和小炜。这情、这景，刹那间令我惊心动魄的程度不亚于一场战争！12月的天空啊，怎不又落雪又落泪！

一个吊着我的左臂，一个吊着我的右臂，抢着笑哇，抢着说呀！

弟弟："我们自己做的饭。"

姐姐："我们把衣服洗了。"

弟弟："作业本也签了名，我的家长姐姐。"

姐姐："我的家长弟弟。"

有谁有我骄傲呢？

12月的夜，梧桐树光秃的枝干发出漆黑的光亮，两串童声

在北碚街头荡着，在我的左耳和右耳荡着，荡起让你一读就懂
又永远只懂得一点儿的美学。

5

1982年8月，我到了重庆出版社。在刚刚恢复不久、调来
不少新人而房屋并未增加的出版社，能在临街的平房，给我一
间十一平方米的小屋，算是照顾了。顺着我们家住过的房屋编
号，这该是第五。

刚好能摆一张大床、一张小床、一张小桌子。小桌与大床
剩一个夹角，正好放煤油炉。日常换洗用的衣服只能放在大床
边贴墙的横板上。

临街是牛角沱往沙坪坝去的主要交通干线，每天从窗下过
往的汽车，我计算过，有一万一千多辆。公路很窄，汽车喇叭
有尖厉的、沙哑的、豪迈的，也有假装婉转的，它们如兽群一
样相嘶相吼，超分贝的噪音残杀着我的思维和神经。

唯小炜高兴。原来我们窗下有一个圆桌般大的深坑，坑里
积满水，快速的汽车来不及刹车或避绕，只好对直冲去，发出
"嘣——咚"一声巨响。小炜像看不要钱的惊险杂技一样坐在
窗前，不时嬉皮笑脸、幸灾乐祸地向我们发出与汽车同步的
"嘣——咚"的声响。我的心脏震得发痛，那辆卡车的什么桥
什么板也因此被震断。

噪音无法转换为音乐，久而久之，我的耳朵便在这持续的

亢奋中听出一片静寂。在偶然无车的几秒钟内，耳壁反而回荡一阵辽远的汽笛声。

只有当内心充满一种声音之时，才能压住周围的一切噪音——包括车声、人声、雷声、雨声、掌声、闲言碎语声。我只能在，也就在这间小屋子读书、写诗，既从这里去雁荡山、大兴安岭；又在这里筑起一道墙垣。我就在如此嘈杂的世界里找到内心的平静。

我们随遇而安自寻其乐，生活照样过得有滋有味儿。钱多了一些了，已经不愁买不起肉了。我们在那拥挤的一角的煤油炉上照样用高压锅炖肉，孩子们照样发挥农场的大碗传统。有客人来曾自卑过，不敢领到家里，现在也不自卑了，请随便坐下就是。有一次无论怎么挤都多了一位，还是小炜会想办法，他将痰盂刷洗干净作为自己的位子。

小炜在这间屋子由小学升了初中，小夏在这间屋子里念完了初中；日光沉浮回转，小夏一混到了十五岁，到了我去农场的年龄。他们渐渐成了城里的孩子，习惯了挤车、跑月票，习惯了早餐的面包边走边吃，还要夹点儿果酱。放上两天的面包，有些发硬，不愿吃了。我敲着他们的头："想想农场嘛，还要等妈妈发了工资，才能给你们一人买一个六分钱的饼子。""嗯，妈妈又在忆苦思甜了。"正在变嗓的儿子用一副鸭娃声音回答我。

出版社盖了宿舍，在大坪开发区。

我们是最早搬进去的十家之一。三室一厅，两个阳台，一个朝北，一个朝南。

好大呀！好宽哪！好亮啊！好多天好多天，我都觉得不落实，仿佛成语"鹊巢鸠占"是在说我。

我把玻璃窗和门擦了又擦。

我把地板洗了又洗。

我把一张破桌子搬过来又搬过去。

现在，要紧的是去买又好看又便宜的窗帘布。

还要买桌子、买椅子、买书柜、买沙发，这一切我家都应该有。在这张自己的小桌上，我想我首先要写的就是这五间小屋的故事。

神秘的马家沱

从重庆往北，是北碚，从北碚再往北行驶三十里，就是缙云山农场了。

农场建在公路以上的山坡。场部、果树队、畜牧队，依次往上推。站在奶牛房已觉得伸手可摘月，放眼可见四大洋五大洲，一条公路曲里拐弯，始终贴着一弯水，一条嘉陵江。

到农场许久我才知道，在公路以下，在嘉陵江边的一座四合院旧房子里，还住着农场的一个队。以地名称，这个队叫马家沱。嘉陵江到此打了九个死结，人称"九口锅"，谁要是掉进锅里，只有喂鱼。

马家沱在我们眼中是神秘的，因为住着一群神秘的人。由近二百名二十几岁、三十几岁精壮男人组成的雄性世界，我们只是远远地看。

这是从公安局来的一群有点儿问题但不知是啥问题的人，故缙云山农场有公安农场之称。有他们的陪衬，我们自然也和住在山上的感觉一样，有时也"居高临下"起来。

我们并不了解他们，只知道要划清界限。开山改土，最初几年，是他们先修好堡坎，我们再来填土。修堡坎要撬石头、开石头、抬石头、砌石头，是改土中最重的活儿。

他们没有固定的工作，哪儿有重活、险活、忙活，哪儿就有他们，修公路、修水池、采果、挖红苕、割牛草，等等，有点儿子弟兵的味道。

每天早晨，他们排着队，穿过板栗林、水池、绞车道，蜿蜒向山顶走去。

他们腰扎引线，用塑料布打绑腿，肩扛铁锤钢钎，又硬又厚的垫肩魁梧了身姿，像出征塞外的古代士兵。棉花从棉衣里漏出来，又黑又大朵，使得"士兵"的形象既不庄严又不潇洒。

我们并不了解他们。我没有和他们中的任何一位谈过心，说上十分钟的话。他们有家吗？孩子是才出生还是上幼儿园？他们有老父老母、兄弟姐妹吗？

到了1964年、1965年，他们也开始有了笑声和歌声。有一次听见一个人轻轻哼什么歌，曲调很好听。

后来才知道这支歌叫《红莓花儿开》。

采果抢季节，马家沱也来帮忙。大树尖上的几个，不好采；悬崖边的丫枝，空荡荡吓人，他们直叫："快下来，别摔倒了，我来我来!"

我们队长聪明绝伦，树枝丫盘大，叶片茂密，怕有人偷吃果子，就有一声无一声地叫一个人名字，如不能马上答出来，就怀疑偷吃。这个办法很妙，以后在包装广柑突然停电时，也用过，只是从喊名字发展到集体唱歌。

每次改土，到下班时，都要放几百门炮。放炮属男人之事，妇女们扛起锄头就走。我们总是在半路上听见一片轰响，体会"排山倒海，惊天动地"的快感。男人们却在这时，一个炮眼一个炮眼去查看。排哑炮者必马家沱人，他们四个五个，昂首挺胸，噔噔噔，大有赴汤蹈火、义无反顾、视死如归的气概。

选择他们排哑炮不是没有道理。我们慢慢知道，他们在公安局是专搞爆破的。还知道这群汉子中，某某是中央首长的一级保卫员，某某是痕迹专家，某某是模范干警，某某是公安部下来的，某某是破某大案立过功受过奖的。我们有点儿肃然起敬了。

开山改土十余载，缙云山农场在省里、市里都是模范。抬石头、砌堡坎的大小场面都有照片，唯独放炮那一瞬的特写镜头拍不出来，神圣使命再次交给了马家沱。薛某，曾是公安局的摄影专家。大家合议后，决定在马家沱抬来能蒸一百斤米的大甑子，在甑壁挖一个孔，镜头对准孔，孔对准一窝炮眼，摄影师就蹲在甑子里。然后挖掩体，在靠近炮眼五十米之处把甑子放进去，再搭松枝、放篾箕、装土、盖蓑衣，有点儿像活埋。

准备就绪，发纸烟，点火，轰——巨响，石花满天，"蘑菇云"升空。炮手们跑回掩体，层层揭开，一看，摄影师昏死在甑子里，许久才醒过来。他说，还来不及按快门，就被震昏了。

印象中马家沱样样苦事、难事都会做，没做成的事只有这一件，沉重的马家沱，也有了幽默的一笔。

我们互相没有来往。但我偶然地去了一次马家沱，我提着簸箕去他们的苗圃扯他们的白菜秧。我有点儿忐忑不安地进了四合院，进了这个男人的国度。

马家沱如此干净，令我吃惊！我原以为一定是弥漫尿臊味儿的。正对天井的一堵墙，是一块大壁报，从排版到设计，都比我们青年队的好。其中有小说、有散文、有诗！有一首诗叫《早晨》，是一个叫吴文豪的写的，写得真好。我很激动，在壁报前站了很久，这块壁报并不知道，它是我以后写诗的一个小小契因。

神秘的马家沱！我来农场时他们就先来了。而我还在农场时，他们不知不觉就走了。他们为什么就走了，我们不知道，不知道上面有了新的政策。他们从1971年开始走，到1974年全部走完，他们又回到各自以前的岗位了。

20世纪60年代末，农场开始自修房屋，烧砖烧瓦。这项历史重任义不容辞落到马家沱肩上。他们去一家砖瓦厂看了一下，回来就造出了机器，修起了砖窑。1974年砖瓦厂由我们接替，我调去做了保管员。

队部办公室，和人一样高的《人民日报》《四川日报》

《重庆日报》叠得整整齐齐，三年的报纸，一张不缺。一排小钉，挂着考勤簿、表扬簿、发言簿、检举揭发簿、立功受奖簿，品种齐全。穿过堂屋再下十步台阶，就是保管室，很漆黑很低矮，像地下室。

顺手的地方，是开关。一扯电线，满室生辉！啊，好多工具，男人的工具！抬杠、抬绳、大锤、二锤、手锤、炮杆钢钎、錾子、引信——开山改土的全套工具！比较起来，我们果树队的锄头、扁担像挖耳勺，像绣花针。再一看，大锤已短得像二锤，抬杠已被绳子勒出深深的槽沟，钢钎依然粗壮，但从两米短到了一米、半米。我站在屋中，像轴，缓缓转动，忽然心惊胆战，好像是怕、是敬、是压抑，是想呼喊！二百名精壮男人的魂魄在此，血气丰沛，团团将我围住，我透不过气来。

我不知道说什么，喊什么。

神秘的马家沱，我不会忘记你！缙云山不会忘记你！

也曾山花烂漫

　　除了写广播稿，在农场，还能让我出头露面的事就只有宣传队了。

　　我当然算不上宣传队的主要人物，只有热热闹闹的小节目才会有我。一群少男少女穿红着绿，在台上一边唱，一边说，一边跳，我一跳一跳的天性，便得以充分体现。

　　我一跳一跳的天性是快乐，是天真。扁担、粪桶和各种批斗会都压抑不住这份儿天性。宣传队排练和演出的日子是我最兴奋的日子，我会彻夜地默诵我作为配角之配角那几句台词，布置那几个动作，设想那几个表情。我第一次在剧里担任的角色，是话剧《千万不要忘记》中的女工，上台一分钟，一句话。

　　我们张书记，农场最高领导，他是宣传队真正的主角。他认为青年人过健康向上的精神生活与开荒种树一样重要。编、导、演他都亲自督阵。这位极严肃极和善的兄长，我们最怕他，又最不怕他，最喜欢他，都叫他张妈妈。

张妈妈还登台演过《游棺山坡》，棺山坡，顾名思义，荒冢成堆，野草成林。是我们开山改土，将棺山改为梯田，种满枇杷和桃子，才花果飘香的。张书记自编自演的这个节目就是对"旧貌换新颜"最直率的歌颂。宣传队的其他节目也都是这类"战天斗地"、大抒"革命豪情"的内容。

节目中的佼佼者，前三名要数《抬工号子》《扁担》《农场姑娘个个强》，它们几次被区里、市里选中，并获奖，还荣登过重庆市最气派的人民大礼堂。

《抬工号子》由八名男青年、四名女青年组成的抬塑像工队在一阵紧密的锣鼓声中揭幕，迎着舞台灯光打出的晨曦，宣传队的"头把交椅"强润森领唱"东方的太阳升起来，缙云山上一片红光"。声音激昂、悠扬，我们接着就在一片"哟着着，哟着着"的号子声中，踩着鼓点缓慢行进。

且说说我们的女主角，《三月三》中的老板娘，大眼睛，鹅蛋脸，个头不高，长得结实丰满。有人叫她"鹅蛋"，有人叫她"小胖"。她劳动好，待人好，男生女生，没有人不喜欢她。我刚到农场发烧住院，是她走三十几里路来看我，而我就把这位比我大三岁的小姐姐当作大姐姐，硬是胡搅蛮缠地跟她悄悄越过病床逃出医院，又走了三十几里路回家。

小胖音质甜美，表演传神，宣传队凡排演歌剧话剧，重头戏非她莫属。我们去外面演出，一律是敞篷车，冬日的寒风一灌，主角的嗓音就容易沙哑，我们就将她拥在车子中间，男生们巍然屹立成一堵挡风的墙。一听说烧红的木炭激水喝了嗓音好，就逼她喝；又听说生鸡蛋吃了嗓音亮，就逼她吞。平时处处得她关心我们，此时轮到我们保护"大熊猫"。

北碚、合川、歇马场，常有厂矿来邀请，我们也很乐意去。宣传队活动都是业余的，利用晚上和星期天。而演出前两天必得集中排练。这是多么宝贵的两天哪，这两天可以不摸锄把不踩黄泥，可以翻箱倒柜，找出最好的衣服，尽可能"花枝招展"一番。

外出演出还是我们大宴的日子，无论多贫穷的年代，主人"倾家荡产"，也要厚待我们。在运河煤矿演《抓壮丁》，抓完之后，主人抬来一大桶面块，和汤和水和青菜叶子，在荒年尚未过尽的1962年，能把肚子撑得滚瓜溜圆，实在是最大的享受了。"匪兵乙"吃得汗流浃背，二位书记左右执扇，这场景是缙云山农场保留了几十年的笑话。

我最得意的两次，一次是打快板《小管家》，我十八岁，演的小管家也是十八岁，定然活泼泼笑憨憨，才被农垦局宣传队百里挑一选中，历时两个月，在全市几十个国营农场走了一圈。那骄傲就像重庆杂技团出访欧亚，我光荣的舞台历史，那甜酸甜酸的果汁味儿，足以让我咀嚼一辈子。

另一次，演小歌舞《看女儿》，我演女儿，高个子李北薇演我的妈。妈妈来农场看我，我"扎根农场甘把热血洒"。曲调优美，表演俏皮，虽没有精彩情节，同样惹人喜爱。

平常是木工房的场部小礼堂，必要时就打扫出来，木方横着当凳，挤上五百人满满一堂。正对舞台，有三四十排，是甲座；两边的站在电锯和摆不完的木方上，是乙座；后面的站马凳，该是丙座了。表彰会、斗争会、晚会、审判会、春耕动员会、活学活用毛主席著作讲用会，都在这里，让人快乐得像过节一样的，是晚会。为了抢到甲座，有人一下班丢掉锄头就来占位子。农场宣传队在澄江地区小有名气，附近工人学生总是闻风而来。

舞台极小，小木工房只有一个门。我们在别的屋子化妆、穿戴完毕，必得一群"纠察"开路，方可进入。"纠察"是农场男青年中的基干民兵，极威风极神气，我们头戴杜鹃花环，腰扎彩纸"曲巴"，山花烂漫，我们是得宠的花之神。

台下越挤，台上越来劲儿。我们喜爱的张妈妈叫我们不要怕，把那黑压压的人头都看成莲花白菜。我对着几百棵白菜头正在使劲儿表演，忽台下一阵骚乱，我瞟了一眼那骚乱的中心，恰是我家罗大哥的位置，弄不清急性子的先生又惹出什么祸事。我顿时分了神，忘了台词。原来是几家工厂的青工，一边看一边嚷："这妹崽还乖也，快去认到起。"罗大哥一听火冒三丈，即刻卷风而出，顺手把声音最大的那一个拉过来夹在胯下，不准动弹，直到节目演完才放了那厮。

我们的宣传队，我们并不黯淡的青春。

张妈妈八十岁生日时，农场的人几乎都去了，坐了几十桌。他要我们合唱《农场姑娘个个强》。姐妹们平时并不住在一起，但只要相聚，此曲必有，且人人会唱，一个节拍不乱，一句歌词不漏。

我为张妈妈写了一首诗，同样也是缅怀我们自己的青春。

今天是你的生日

一棵树的生日

我们用一首老歌，为你点亮八十根蜡烛

当岁月依次走过四个季节

茌茌小树也年过花甲

在落叶中渐渐学会回忆，才想起当年

十五岁不知道三十五岁同样年轻……

我也这样叫她：惠

惠，这样痴痴地看着她自己，眼波盈盈……这是我从我的日记册上取出的照片，少女时代的惠，娇如春花，媚若秋月，煞像一个古典美人。

那口洁白的小牙正轻轻吐出照片背后的一串字：送给我亲爱的净。

不消说，这些照片是送给一个名字叫什么净的男人了。此时，这个男人就坐在我的对面，双眼迷蒙。他这是歉，是悔，是爱，还是怨？自不必细究了，谁都会明白，这是一对过去的恋人。

而净，就是罗怀净。

我只是不习惯这样的称呼——后面一个字。就连只叫后面两个字也别扭。要简称就叫第一个字。

我叫他基本属于山野的风的呼叫，一字不少，全称：罗怀净！

这是一对曾经的青梅竹马，甚至比青梅竹马更早的恋人。

浙江松阳，在抗日激战的炮火中，两个年轻妇人躲在军营帐篷内照镜子，照相互都高挺着的浑圆的肚子，便定了亲家。两个小妈妈也都会生，一个生男一个生女，就是说，这一对儿女，在胚胎时期，就手牵手走过了鹊桥。

两小无猜，少年朦胧，除去这样的岁月，他们正式相好也有五年。我想听听其中的故事，可是罗从来不说。

应该算是天时地利人和，辰勾已近。惠在净的家中进进出出，是未过门的媳妇，也是女儿。"惠：你没有来。星期天我们炖了一只鸡，就差你。"这是净给惠的信，今天出自惠的口，我凭此感觉到当时他们就是一家人。

那么，为什么分手？是他有负于她，还是她有负于他？

这事，罗对我说过，在我们刚谈恋爱的时候。恋爱的纯洁与美好，逼得男女双方都要自觉交代"历史"。那是"文革"初期，罗不愿因自己的家庭影响惠的前途，便写了一封措辞生硬的信，与她断了。

罗一番话说得既扼要又平淡，且神态漠然。我没有再问什么。只是惠的照片，实在好看，我爱美的天性不愿伤了这张好看的脸。我用纸将它们包好，夹进日记册里。

松林坡旁边的杏树，旋转翩翩的黄叶。恋爱、结婚、生孩子，我们像果园所有的人一样过日子。

所不同的是：别人走的路没有我们爬的坡多。

别人种的草没有我们栽的花多。

别人说的话没有我们吵的架多。

日子穷，娃儿乖，火气大。"我是户主！"罗怀净常说。是啊，挑煤挑水是他，保我护我是他，刺我伤我是他，动不动就要扇孩子一个耳光而每天都要牵着孩子上坡去的也是他。这就是我们家里的户主。

至于惠，完全地从我们生活中消失了。

1984年初夏，我从雁荡山归来。罗好像有很重的心事，好像很需要我为他分担些什么。

啊，是见到惠了。相见是偶然的。是偶然的一天在两路口被惠的母亲认了出来，说惠刚从云南探亲回家，很自然，他去看她了。

坐在床头的惠依然那样楚楚动人，哦，动人还加楚楚！说话的声音依然那样轻柔，称呼依然只有一个字，虽说分别已近二十载，心的深处，依然影与形相随呀！

惠和净分手后，嫁给了表哥，从四川去了云南。惠亦是想到不能因自己的家庭出身影响所爱的人。

错了错了。错就错在都选择对自己最不利的那一点，错就错在先天的契约上都写着一颗同样胆小、自卑、谦让、富于自我牺牲的心灵。没有棍棒，没有血迹，甚至没有解释、埋怨，彼此清清白白，彼此不明不白，一对相恋二十余年的人就这样分手。

不能说表哥对惠的爱不深，不真。不能说结婚后的惠就没有幸福。顺着另一个方向走去，人生怎么也是路。惠，生了三个儿子。

但是，就在第三个儿子出生之时，表哥因病走了。

惠是怎样拉扯大三个孩子的，自是苦不堪言。可以想象她带着孩子们去捡烂菜叶子的情景，可以想象上夜班的她将孩子们锁在家中（而最小的才一岁）的情景，可以想象不满三十岁的依然妩媚动人的惠面对追求、渴望、流言——独立苍茫的种种情景，失望和挫败将勇气赋予了柔弱的人！

这时，你想到过净吗，惠？

净继续讲着他的惠，他是那样凄楚、茫然。惠的悲惨是他造成的——怎么能说不是他呢？是他首先拒绝了她！无论出于什么良好动机，他拒绝了她！

双目之间，一片迷蒙。这是我从未见过的情态温婉的伤情的罗，一个生动的富有人情人性的男人，一个不可能打人骂人的男人。

好奇怪的感觉，在罗怀念另一个女人之时，我突然觉得和他近了。

1987年6月，惠再次回到重庆探亲，自然也是要到出版社看看罗怀净的。就是这次，我邀请她到家里来，我要给她看一件东西。

惠一直是深爱着净的。惠的眼睛和声音让我感觉到了罗怀净一直不愿说出来的过去。几十年了，在相互的记忆中，永远闪烁晨曦一样的光芒，甚至，他们的对方，都不再是穿衣吃饭、生儿育女、会咳嗽、会打喷嚏、会生气、会让人讨厌的人了。

在惠的心中，这种崇拜尤其强烈，这是因为我们女性的爱总是最纯净、最勇敢、最持久。

我于是对惠讲了三年前净与我的那次倾诉，我要她相信，有一滴眼泪无比珍贵，那是只属于惠的珍珠。

惠抬起头来，凝视着我：

"天琳，你把我的照片放得这么好，你真好。"

"天琳，你把我们的事情写出来，好吗？"

"天琳，看着你们的家，这么好，我心里好酸。"

惠和净一样，都将我视为唯一可以说话的人，他们如此诚挚，我却不知该说什么。

我只是在想，以后要对家人更好一些。

还想到一句文绉绉的话：深深的爱呀人类永远为你哭泣！

人 之 初

我不经意写下这些文字，只是为了记录一个孩子最初的三年。我的外孙女，我们都叫她"妹妹"，你会觉得像邻家小姑娘一样熟悉，她们一样学爬、学走、学说话，她们玩的、看的、穿的、用的都大同小异。她们柔弱、澄澈、简单，却向你展示出谜一样的斑斓。你禁不住想回到生命之初，去追溯、去寻找……

1

新世纪出生的孩子，是看《天线宝宝》长大的孩子。《天线宝宝》里说得最多的话是"抱抱，抱抱，天线宝宝相亲相爱"。于是我们经常玩耍的大花园里，小朋友见面总免不了要"抱抱"。

而我家妹妹最早的亲昵动作应该追溯到出生后的第七个月。家里柜式空调上的海尔兄弟一红一黄，总惹得妹妹看见就笑，嘴里还呀呀呀想说些什么。一天她用额头重重地撞到空调上，大人正替她感觉疼呢，她却接着又撞了第二下、第三下，脸上还带着笑意。"可能是用额头在亲海尔吧！"我们后来意识到。这个动作出自本能，人之初，就似乎知道用身体接触来表达一种喜欢了。

2

妹妹喜欢跟着大人去厨房。小时调皮捣蛋，见啥抓啥，最讨厌的动作是趁大人不备抓一把大米就撒。大点儿了就知道要像儿歌里唱的那样"帮大人做家事"，削黄瓜、剥青豆、调鸡蛋等什么都想参与进来。再大一些了，光站在地上看还不够，还想看锅里，噗噗噗翻涨的锅红红绿绿，好不稀奇。她要大姨婆抱着看，大姨婆抱不动，她就要求自己站在灶台上看。

"妹妹，这样不行，看把你掉锅里成肉肉煮了。"

"大姨婆你太可笑了，我是人，又不是肉，怎么能煮嘛。"

说这话时妹妹不足两岁，她的小脑袋瓜子怎么区分人和肉的呢？人不就是一堆肉吗？人和肉又有哪些不同？

3

妹妹对花钱买的玩具漫不经心，就喜欢当破烂王，整天爱不释手的尽是自己收集的些"烂玩意儿"。比如桶装矿泉水上的蓝色小圆盖，她称之为"小甜饼"；吃过的西药糖衣壳是"牛角面包"；还有各种商标、纸屑、树叶、花草，均收进自己的百宝箱，这样三天两头地她就能为我们准备一顿丰盛的野餐。

唯一一只毛茸茸的粉棕色小熊是例外，因为那是她的女儿，自然得到格外呵护。

她可以独自和小熊一玩半天，给小熊洗澡、梳头、剪指甲，帮她尿尿，给她穿裤子，陪她荡秋千、玩滑梯。一边小心翼翼做动作，一边口中念念有词。偶尔她的女儿也会生病，每每这时，她就格外耐心地喂她吃药，不断提醒她要多喝水。每过一段时间，便不忘要带女儿去做身体检查、打预防针。虽然她反复说小熊的生日是9月10日，但是总忍不住频繁地要给她办生日聚会。

看见妹妹一丝不苟地学做妈妈，我想起了印度老人泰戈尔的诗："你曾存在于我孩童时代玩的泥娃娃身上，每天早晨我用泥土塑造我的神像，那时我反复地塑了又捏碎了的就是你。"

4

妹妹问她妈妈这个问题是在5月的一天，她两岁九个月的时候。没有任何启发，没有什么必然性，问题突然，意想不到。

"妈妈,人是怎么来的呢?"

妈妈还未来得及讲垃圾筒什么的。

她就自问自答了:"肯定是有风吹呀吹呀吹,把一粒小花的种子吹到了妈妈肚子里,然后它就在那里长啊长,不然我怎么长得跟花儿一样。"

哇!这让写了几十年诗的外婆,两眼放光,赞叹不已!

5

淘气的时候,我只有当动物吓唬她。"我是老虎","不准";"我是狮子","不准";"我是狗熊","不准";"我是犀牛","不准"。

不等我再说,她开始安排"外婆你可以当孔雀"。"那么我是小鸟","可以";"我是狼","不可以";"我是熊猫","可以";依次下去,不可以的还有河马、蛇、鳄鱼;可以的还有羊、企鹅、长颈鹿。最后我问"可不可以当大象","可以";"可不可以当毛毛虫","不可以"。

其实这些动物除了小鸟她几乎都只在图片上见过,对动物的直观感受,也许是孩子发展善恶观念的开端。不是大的就不可怕,也不是大的就完全可怕。这种区分,除了长相、形状,还有它传递出的气息。小孩子,凭直觉就感受到某种看不见的气息,真神奇。

6

两岁的冬天是妹妹在北方过的第一个冬天，真正意义的冬天。落雪了，地上厚厚一层，她说好像一床大被子。她看见树枝被雪压着，沉甸甸地往下坠。她拎着小水桶，去铲雪，抓雪，小手感觉到那柔软的粉末状的雪粒，小脚沙沙沙地踩出浅浅的脚窝。

雪地里突然出现了两只小小的麻雀，肚子瘪瘪的，很瘦，它们一定饿极了。妹妹像个大人似的对麻雀说："雪里有什么好吃的嘛，我明天给你们带吃的来，小麻雀，等着我。"第二天小手手攥着一把大米在雪地里等，等啊等，

可是小麻雀没有来，一只也没有来。

妹妹很失望，外婆很感动。

外婆明知妹妹会失望，并不阻拦她。

7

大花园里依次开的花是玉兰、李、桃、石榴、山楂、紫荆。每天早晨，我牵着妹妹，都要挨个看一遍。西侧的蔷薇最美，也是妹妹的最爱。

因为别的花开在树上，很高，这几棵那几棵，不具规模。而蔷薇属灌木，矮，种在小径的两边，花团锦簇，红、粉、白

交相辉映，只要把妹妹抱起来，就能看见全部。

妹妹建议回家拿一张小凳，然后她就端端地坐在蔷薇花对面，直盯盯地看着，一步也不离开。我哄她该去玩滑梯了，该去坐跷跷板了，该去找小朋友玩了，她都不去。"我怕一走蔷薇花就谢了，我要一直守着它。"听我说春天过了花儿是一定要谢的，她难过地哭了。但仍然坚定地说："蔷薇花是可以一直开的。"

周日和爸爸妈妈一起玩吹泡泡，特别开心，她会突然高喊："明天不要来！"美丽、脆弱、多愁善感，小孩子不应该这样啊！

8

我很高兴，因为妹妹成天问东问西，她对世界的好奇和热切感染着我。

有时把我们弄得招架不住，因为问题太多，一个接一个如连环套。

她说得最多的三句话是："为什么？""后来呢？""结果呢？"

"这是丁香树。"走出大门，二环路边种满了这种路树。

"为什么？"

"丁香就是丁香，没有为什么。"

"为什么没有为什么？"

知道"十万个为什么"又开始了，我只好转移话题："知道丁香开什么颜色的花吗？"

对爸爸妈妈买回家的东西，总是要问"这是什么？""在哪里买的？""做什么用的？"，一副刨根问底的样子。

下雨了，她说是在给路上来往的汽车洗淋浴，接着又提出了一个问题："天空湿了吗？""水龙头在哪儿呢？"

妈妈教她认"门"字，同时指着说："你看这个'门'字是不是很像我们的房门呢？"没想到妹妹立刻反问一句："门上的把手在哪儿呀？"

认识了几十个字，出门就爱认招牌，认识了阿拉伯数字，见车就要认车牌。"米是不是我们煮饭的米？""傍晚的傍是不是棒子骨的棒？"知道了"飙车"，晚上就要和妈妈比赛"飙刷牙"。拿一张小纸片，数数上面字的个数，就一字一顿念："妹妹可以吃冰激凌。"

睡觉时，她问："为什么要关掉大灯开小台灯？"紧接着自己就想出了答案："因为大灯硬，会弄疼眼睛，小灯软，不会弄疼眼睛。"

9

在结冰的湖上划过雪橇，在水波粼粼的湖上划过船，周末到了什刹海、北海，"这就是海吗？"她问。不是。妈妈说过要带她去北戴河或海南岛，一直说去一直没去，看"海"就成了她最大的盼望。于是只要看到火车，都是开往北戴河的，只要看到飞机，都是飞往海南岛的。后来妈妈说现在去不成北戴河了，因为太冷了，可妹妹自有更好的解释，她说是因为"大海关门了"。在家时，凡坐在床边，或沙发边，只要双腿悬着，她便晃来晃去，小脚丫一甩一甩，称自己是坐在海边。

早晨起床，她突然对大家宣布，她去过大海了，昨晚做梦去的。接着说梦真好，梦好像有腿、有翅膀，无论多远的地方，一会儿就到了。

10

家庭和社会是孩子的生活老师、语言老师，小脑瓜子是一个信息库，什么大的、小的、长的、方的，自觉不自觉地都往里装，并时不时掏出来活学活用。

手拿一块塑料玩具敲门，她边敲边说："我在装修。"把小板凳扛在肩上，她是在扛大米。她把小磁铁写字板涂成黑黑的一片，我语气中略带责备："有这么乱涂乱画的吗？"她手指着电视机，理直气壮地说："我画的是TV。"

晚上睡觉前，总是妈妈陪妹妹在卫生间先刷牙，然后洗脸、洗屁屁、洗脚。可这次她要求变化一下，非要先洗脚，然后才是屁屁和小脸。对此她的解释是："天气预报都是变来变去的，一会儿下雨，一会儿刮风……"

妈妈答应带妹妹去她的办公室玩，还告诉她那儿有秋千、滑梯等小孩儿玩的东西。妹妹听得很感兴趣，但接着又问爸爸："你那儿怎么样，有什么好玩的吗？"当听到的答案是否定时，便评论道："妈妈那儿是春天，爸爸那儿是冬天，白茫茫的，光秃秃的，什么都没有。"

11

像许多家庭一样，我也教妹妹背唐诗，久而久之，她即使并不明白其中的意义，却也背得朗朗上口。会背了，自然就想用了。

晚饭的几道菜都是妹妹喜欢的，她主动盛了不少到自己的小碗里，同时下决心："我要吃完这些盘中餐。"

洗澡时，她伸出满手臂的泡泡往上一翘，说："一行白鹭上青天。"

一晚，与妈妈又亲又抱地黏糊着，忽然她轻轻拍拍妈妈的脸，说："妈妈你是此物。""什么此物？""此物最相思的此物。"原来我曾对她解释"相思"就是"相亲相爱"，还在妈妈肚子里她就读过红豆生南国，跟妈妈相亲相爱，所以妈妈就成了此物。

学过的一点点唐诗被她这样信手拈来，虽然"乱码"，倒也趣味天成，有一种电脑特技的效果，让我们忍俊不禁。

12

应该是出生后四个月吧，拿了一本颜色与形状的书给妹妹看，翻到蓝色一页她就眼睛发光，我们猜想她是喜欢这种颜色，果然如此。以后她一直最喜欢蓝色，一条蓝底白花的小裙子，最爱穿，她说跟天上的蓝天白云一样。

一个阳光灿烂的星期天，我们穿过新建的菖蒲河公园，来到天安门、金水桥、故宫，人潮涌动，不少大人和小孩儿手上都拿着小国旗，她非要，也去买了一个。她又哭着不要，要蓝色的。国旗都是红色的呀，你怎么不讲道理。她说她看见一个阿姨拿的就是蓝旗子。四处一望，啊，原来是个导游。我们只好教她："你不记得你唱的儿歌了吗？什么塔，宝塔；什么宝，国宝；什么国，中华人民共和国。"这就是我们的国旗，看红颜色上面有一颗大星星，四颗小星星。我们不得不进行爱国主义教育了。

她似乎明白了，总之不哭了。

看着她手拿国旗在广场上疯跑，我想应该把这一堂课讲到底，于是又告诉她："过些时候，等祖国妈妈过生日的时候，你会看见到处都是这样的红旗飘扬……"

13

在大花园的众多孩子中，妹妹最爱和小怡玩，小怡长得高、大，虽比妹妹小两个月，却总是以姐姐的姿态照顾着妹妹。两人一碰见首先就要"抱抱"，然后一起铲沙、摘树叶、奔跑、傻笑。两个人又总是带一些小玩具和小零食，互相分享。

一次妹妹玩过了小怡的"吹泡泡"，却不肯给小怡玩自己的滑板车，还跺脚、大闹。弄得小怡也哭了一场，只好各走各的。我自然当场批评了她，回家后又轻言细语地跟她讲道理。

从此以后，每次下楼前她都要检查我的包，看是不是带了双份儿。凑巧有几天小怡去舅舅家玩了，妹妹带的吃的总是无法与朋友分享，她表现出明显的失落，自己也都不想吃了。而她依然天天念着，天天带着，她一定是意识到了"给予"比"获取"更快乐。

直到好朋友又见面，相互惊喜地"抱抱"，抱摔在地上打滚，然后把一袋子吃的吃得"梅光生子"（妹妹自己创造的形容词，意为光光的、一颗不剩、完全没有了。她创造的另一个常用词是"九十多百下"，意为最多，因为百是大数字，九也是大数字），方才高高兴兴回家。

并自编自唱："好朋友，手牵手，这是很重要的。"

14

月光下一次对话——

妹妹："月亮和星星是一家人。太阳又是一家。"

妈妈："为什么月亮星星与太阳不是一家的呢？"

妹妹："因为太阳出来就看不到月亮和星星了。有月亮星星的时候，就没有太阳了。"

妈妈："那太阳它们家还有谁呢？"

妹妹："太阳家有三个太阳，大太阳、中太阳、小太阳。"

妈妈："可是我怎么看都觉得太阳就是一个呀。"

妹妹："可是有时候太阳很小，是屁热屁热的呀（她的洗澡水，凡温曒曒不太热时，我们就说是屁热屁热的），可是有时候你为什么要我戴帽子抹防晒霜呢，因为有大太阳。还有一个中太阳不冷不热的，最好。"

妈妈："那就是一个太阳呢。"

妹妹："怎么会呢？外婆是老人，妈妈是大人，我是小人，我们三个能是一个人吗？"

我们好像被问住了，最后，一致同意，天上有三个太阳。

15

生日年年过，而我写的仅是妹妹三岁生日。

没有去过海，就满足妹妹的愿望，去"海"吧。

首都机场附近的城市海景乐园。人造沙滩、海水、海浪，妹妹以为真的就是海了。坐在一只充气的绿色龟背上，大半个身子浸在水里，秋千、滑梯也都浸在水里，妹妹脸晒得红红的，浑身湿淋淋的。

晚上的蜡烛、蛋糕和生日歌，是我们与妹妹共同创造的激动时刻。在关掉灯点亮蜡烛的一瞬，我看到全家人脸上涨满幸福。

突然想起了妹妹的妈妈满三岁时，我写的诗：夏天把生日给夏夏带来了／夏夏是苹果／夏夏的生日住在一只苹果里／让我把手洗干净／再去抚摩这只苹果／妈妈没有蛋糕／妈妈竟然买不起一只蛋糕／夏夏过生日不吃蛋糕／蛋糕没有夏夏的笑声好吃／夏夏不哭、被刺藤绊倒了也不哭／羞那些叶子／那些滴滴答答的叶子／没有夏夏听话／夏夏长高了／夏夏这是第三个夏天了／第三个夏天你懂得帮妈妈拾柴火了／夏夏把生命给夏天带来了。

仿佛一夕之间，仿佛电影蒙太奇，仿佛梦幻。

三岁了，三岁一过，妹妹就该跨进幼儿园小班的门槛了。她必须学会自己好好吃饭，没有人哄也没有人喂；学会蹲茅坑穿裤子，午睡时自己盖被子；学会与更多的小朋友交往，学会恰当的行为举止，学会勇敢，学会坚强。最重要的是，她必须开始明白，有时她得独自面对这个世界。

三岁多么好，让我们回到三岁吧，我的电脑也乱码了。

　　让我们回到三岁吧

回到三岁的小牙齿去
那是大地的第一茬新米
语言洁白，粒粒清香

回到三岁的小脚丫去
那是最细嫩的历史
印满多汁的红樱桃

三岁的翅膀在天上飞呀飞
还没有完全变为双臂
三岁的肉肉有股神秘的芳香
还没有完全由花朵变为人

用三岁的笑声去融化冰墙
用三岁的眼泪去提炼纯度最高的水晶

我们这些锈迹斑斑的大人
真该把全身的水都拧出来
放到三岁去过滤一次

元元同志的惊人之语

　　元元同志，四岁半。因常常满脸严肃，又爱使用大词，家里人便不时与她以同志相称。她妈妈在接她回家的路上告诉她："奶奶得了鲁迅文学奖，大奖，我们买一把花送给奶奶吧。"元元走进门来，兴奋着，又一本正经，问："奶奶，那个奖有多大？有没有民族那么大？"原来幼儿园中班的小朋友，今天刚刚听老师讲了民族。

　　姐姐诗雨从小表现出对语言的喜爱，才两个月，哭闹时只要一听读诗就渐渐安静下来，两岁多时已能背诵唐诗近百首。我以为这种启蒙教育不错，想在元元身上如法炮制。可是不管用，她眼睛东张西望打幌子。我突然想起她最爱听的快节奏音乐，改用RAP（说唱乐）念唐诗。这下子她快活得大笑，直喊："奶奶，又来又来。"

　　给诗雨写了一本儿童诗集后，我又写了《柠檬叶子》，一时半会儿就不想写儿童诗了。一天，元元走到门口要离开了，突然转身跑回来说："奶奶给我也写一本诗嘛。"几天后又贴着我耳朵说："奶奶给我写一首嘛。"过了一阵见我还是没有动静，又悄悄对我说："奶奶你把写给姐姐的抄一篇给我嘛。"我这才感觉到了事态发展的严重性，孩子的眼睛是雪亮的，她明显觉得我偏心了。我欠着、伤着这孩子了。我决定放下手里别的急活，先给元元写诗。

而且题目都一定标明元元，说明是特制的，独一份儿。

比如其中写画画的一首：

元元画画

元元是这样画画的
她叉开两根手指，放在纸上
描一描，就成了树干

再添上叶子
再添上花瓣

接着她把彩笔帽放在树上
描一描，就成了笑脸

元元的树上
结的不是果子，全是笑脸

最后，她故意把笔扭了几扭

就成了弯弯的小路

元元开心了，扑过来拥抱我，她的拥抱是摔跤运动员的直扑式，长大些后身体强壮愈发有力，好几次差点儿把我扑倒。

元元从幼儿园起就学习画画，一到暑假就跟着老师和同学到郊外去写生。元元的背包里装满了彩笔、颜料和画板。这应该是元元最快乐的时光了，她感觉自己每天在纸上跑，纸上飞。把她五岁和姐姐十一岁画的树放在一起，妹妹的树干、树枝、叶片线条清晰，有层次感，明显比姐姐高出一大截。每次写生归来，元元都晒得比包公还黑，身上叮满了大大小小的蚊子包，大人正心疼得不得了，她却乐呵呵的，说自己是包老爷。

春天，元元和妹妹丫丫、阿紫走在重庆大学校园里。鲜花盛开，绿草如茵，三姐妹嘻嘻哈哈一路蹦跳。元元突然看见前面有两个大姐姐正在摘花，便大喊："不准摘花！"大姐姐回头一看是小孩儿，不理，继续自己的浪漫采摘。想不到元元同志提高嗓音喊："她们是坏人。"丫丫、阿紫两个绝对的跟屁虫，也跟着高喊："她们是坏人！"羞得两个大学生满脸通红，把花扔进草丛，落荒而逃。

日本大海啸发生一个月后的这天晚上，一家人正在看中央电视台的特别节目，满目疮痍，惨不忍睹。这时元元走过来，贴着我的耳朵说："最可怕的是灾难。灾难就是地震、海啸、火山，还有一种叫什么流。"我说："泥石流。"她说："就是就是，人都跑不掉。"她用到了灾难这个大词，一定又是幼儿园老师才教的。说完后她拉着我到窗台，指着下面一大片废墟，那是正在拆迁的房屋，说："看嘛，那就是灾难！"她的惊人之语把全家人整蒙了。

我们第一次被她整蒙其实应该追溯到她不足两岁的那个冬天，全家人决定这个春节在北京她的姑姑家团聚。一见面，大人叫她喊一声姑爹好，她跟着喊姑爹好，谁知紧接着一句"还说姑爹不好不好"。顿时全场哑然，空气沉闷，这可是见到姑爹的第一句话呀。我尤其紧张，赶紧申明："谁对你说了姑爹不好哇？"原来是这小朋友经常夹着尿不屙，我硬要她屙，她一屙一大泡，一边屙，我就要一边念叨："还说不屙不屙。"这种句法听多了就听成了她的口头语，活学活用，乱说乱用，且一定是双音节。她一吃饭就自言自语："还说不吃不吃。"在北京半个月她一直咳嗽，也不知怪水土不服还是怪她自己，她咳一声说一声："还说不咳不咳。"

元元同志的惊人之语还可以提早半年。一岁半的孩子，几乎没有不爱坐摇摇车的。各商场超市门口都有，配合着有节奏的音乐，很是好玩。元元见到必坐，坐七次八次还不想走。这次我把一块钱硬币给她，让她自己学会去投币，谁知她拿着硬币绕着摇摇车走了几圈，不坐了。问她为啥？小同志居然回答："舍不得。"

上学后元元的语文成绩一直不太好，写诗的奶奶越辅导越不合学校规范。这个心中无比敞亮无比想得开的孩子，并不气馁，仍继续她的惊人之语，不说什么难学呀难记呀以后要努力呀之类的话，只说是语文课太变态了！"变态？"我又一次被整蒙。接着她解释道："是嘛，选择题四个选项意思都差不多，你说选哪个嘛！"她拿出几道试题让我选，结果我都选错了。

两个孩子两种颜色，我想起她们在各自一岁前都读过的同一本书，叫《认识颜色》。诗雨最爱蓝色，元元最爱红色。两姐妹性格差异和颜色一样，谁说得清其中的奥秘呢。我再次拿起笔来像做作业一样认真为元元写诗，才发觉适宜为姐姐写诗，更适宜为妹妹写散文。

家住通远门

1

家住通远门。外出一次就会穿过门洞一次，感觉自己就像风，又穿过历史一次。其实我是个最没历史感的人，但历史就这么直观，它活生生摆在我的面前，不需要翻书，不需要掘地三尺，手一伸，我就摸到了六百年前（明洪武年间）的古城墙。

这是6月。6月阳光下的通远门有硬度、有厚度，还微微有些热度，就像历史本身一样。门洞两边的巨石，是被凿开的一整块山岩，因而它的坚固不可摧毁不易风化。以天然岩石为基座，再往上砌石头，就成了城墙。数一数，最高处旧墙有二十三层，新墙有四层，每层约三十厘米。石头的砌法为一顺两丁或一顺一丁，是砌法中最牢固的一种，称之为"捆"。哟，我怎么会说得这样专业？是我和老罗逛城墙公园时，他说的。此话与考古学无关，但我信了，因为老罗曾经在农场基建队当过石匠。

墙下不宽的花坛里麦麦冬铺地，栽满杜鹃、迎春、铁树、万年青，而黄桷树的根系就从石头缝里，这里那里，胡乱钻了出来，苍劲有力，像贴在石壁上的鹰爪；它庞大的枝叶在空中就像频频打开的翅膀。

2

小孙女基本上算是在城墙上长大的。她在三岁前的时间表及路线图大致如下：先到七星岗车站那块小广场跑一跑，摸一摸炒米糖开水那小女孩儿的头，尤其是头上的"纠纠"，再使劲儿摸碗里的蛋，恨不得掰起来吃掉。这三个蛋几乎成了所有孩子的主攻目标，没有一个不想去掰起来吃的。如今，这些铜鸡蛋已经被摸软了摸熟了，摸鸡蛋的孩子还在陆续出生，一茬接一茬。

带孩子的日子就是混，接着我们爬木梯上城墙，从第一段平地慢慢走到第四段，也就是人最多最热闹的那一段，半天时间差不多就混过去了。

可爱的明朝就这样被我和孩子的手抚摩过一百遍一千遍。

每一段平地左边的斜坡上都有青铜浮雕，雕刻着与重庆有关的人物和文字。每走一次我就要为小孙女读一次讲一次，我信奉生活是百科全书，见啥教啥，既不刻意去找，也不管她听得懂还是听不懂。她最初认识的人、大、元、庆几个字，就是刻在那上面的。我也因此知道了从226年起，蜀后主刘禅的大都护李严，就把新城扩建到了通远门。

仅仅上了十八级梯坎，历史就走过一千年，在兰天竹摇曳的枝叶下我遭遇了另一场战争，那是忽必烈建元，南宋灭亡，1278年强攻重庆，血溅通远门，我因此同时记住了宋将张珏的名字。原来，历史就是这样，一个朝代唱着颂歌安葬一个朝代。

边玩边走我们又上了十五级台阶，历史瞬息间翻过去三百多年。

城墙上插满英雄旗，在风中飒飒地响，与戴头盔穿铁甲执宝剑的古代将士塑像配在一起，显得威风凛凛。别在将士腰上的箭囊，露出三支箭尾，也许是孩子的手刚好够得着，也被摸得熠熠发光。城墙上的将士高举滚木礌石往下掷，奋力拉弓往下射；城墙下的将士握长矛搭云梯执弓箭往上冲。攻城的和守城的，都一样面无惧色，高大威武，气贯长虹；都一样停顿在雕塑家灵感的瞬间。过路人都说攻城的那一方是张献忠，张献忠战马四蹄悬空，披风飘展如旌旗，时间与一支箭挟风裹电同时穿过匆匆行走的人群。

一个刚进城的五十岁模样的妇女站在铜像前，摸摸上面，又俯身看看下面，她困惑地问我："上面的和下面的，哪个是我们的？"

我说："都是我们的。"

她说："那就是我们打我们喽。"

我说："可能是吧。"

她更加困惑了，而我更加说不清楚了。阅读通远门，就是阅读重庆历史，继而阅读中国历史。难度很大，我除了对历史顶礼膜拜，就只能站在落日前沉思。

那时的城墙也许还要高一些，更具有可攻性和可守性一些，也就是说，战争更具有持久性一些。否则那张献忠率领的六十万兵马也不会久攻不下，张献忠转而令士兵挖地道，最后用火药炸毁城墙，才攻陷了重庆（史料记载。指的哪一段城墙，不清楚。门洞不是还上好的吗？）。那场战争距今已近四百年，许多血汗和月光都镶嵌进石头缝里，一阵风吹来，还能听到遥远时代的鼓鸣声、厮杀声。

两门从沧白路移植来的大炮种在城墙公园最后一块平地上，应该是清朝（我猜。这里没有文字记载）用过的炮了。这又是孩子们的最爱，就像游乐场最后一个项目，也是最刺激最好玩的项目。孩子们当然不知道大炮用来干什么，眼前这两门大炮又曾经保卫过什么，在他们眼里，一切都是玩具，在家里玩小玩具，出门就玩大玩具。虽然我曾许多次对小孙女讲过，大炮是打坏人的。

这一次，我又问她："妹妹，大炮是干啥子的？"她回答："大炮是拿来爬的。"就跟她回答屁股是拿来打的如出一辙。

对于这些刚学会爬和刚学会走的小小孩儿，能一寸一寸爬到大炮的顶端，简直就是英雄无敌了。每每看见这个情景，我都会从内心感叹和平年代的来之不易，并蹦出一首诗的题目：孩子与大炮。

3

好几次在城墙上，都碰见许大立、曾宪国，他们喜欢在这里喝坝坝茶，曾宪国还说，不喝这坝坝茶，小说就写不出来。说起这坝坝茶的阵势，真是越来越大。尤以冬日的太阳天人最多。重庆的冬天，总是灰蒙蒙雨蒙蒙，不下雪不结冰，却阴阴的冷，鬼鬼祟祟的冷，真不知那冷是从哪个旮旯缝里冒出来的。常说蜀犬吠日，其实改为渝犬吠日更恰当，这一地的喝坝坝茶的人，哪一个不是为着那珍贵的冬日太阳而来的？

我也有过在城墙上请朋友喝坝坝茶的经历，虽然不是青山绿水间，不是清静优雅的茶楼，那惬意、那放松、那自在，真有点儿神仙的感觉。满眼是人、是房子、是不多不少的绿色，不经意间抬起头来，一架飞机正从高楼的缝隙斜插而过。满耳是人声、汽笛声、说不出什么混在一起的像要把城市抬起来的轰轰声，而它就是那么好！

那么好的我的城市脉动、城市气息、城市声音！

记得《渝中报》记者赖永晴要采访我的那一天，我住的楼房电梯坏了，便相约在城墙上喝茶。不想人多得连一张椅子都没了，只好坐在地上。在遍是喝茶人的地盘，突然来了两个坐在地上不喝茶光说话的人，那样子有点儿不伦不类，像什么人在接头似的。好在赖永晴很会采访，事先又做了功课，我并不困难就回答了他的问题。后来，我同样在城墙上接受过《晨报》《日报》《晚报》的采访，早早地去占了椅子桌子，泡上茶。坐在通远门上，说着有关重庆的话题，真是再爽不过了。

说通远门不能不说金汤街，这打起仗来固若金汤的堡垒，如今城门大开，笑迎各方来客。尤以那个妇幼保健医院，生意兴隆业务火爆。我居住的大楼，也就衍生出新行业，或出租或打造成小间客房，专供外地来的此类人士短暂居住。那些趿拖鞋、穿睡衣懒洋洋走路的人，就是怀揣希望的人。

金汤街寸土寸金的地盘精心使用，竟打造出一个小小停车场，停车场边的三棵树下还安放了五张条椅，很贴心，很温暖。那些来办事儿的车辆也有了方便。但是不够得很哪！实在找不到停车的，就只好停在路边，拥堵的金汤街更加拥堵。和重庆许多小街小巷一样，金汤街狭窄、拥挤，用比肩继踵几个字完全不过分。许多年来我就这样习惯于小心翼翼行走。前些年去西北去东北，在广阔无边的青草里，情不自禁跑起来，才发觉我只会走不会跑，我的双腿早已丧失了奔跑的功能。

这阵子有机会在南岸茶园住新小区，那一定是环境优美的小区，最适宜老年人散步，重新学习慢跑。我交了订金，说明我是想要去住的。但是我又不想离开金汤街、老城墙，管它灰尘也好，噪音也好，挤也好，堵也好，我都喜欢。推开窗，好一个车水马龙！好一个蒸蒸日上！好一个历史文化街区！这些年来，我所有的文字都是靠这些声音、这些气息滋养的。所以我很纠结，不知道到时该如何选择。

一鼎大钟用大篆体刻写出金、汤二字，这是渝中区人民政府对古城墙实施拆迁、清垢、加固、整治后，于2005年春正式建成通远门城墙公园而铸的。大钟很有些古朴和威严的气度，但它确实是新的。它是老城墙的一部分，甚至可看作镇墙之宝，镇住岁月飘散在空中的一切污秽之气。时间很有耐心，和通远门古城墙一起，等它慢慢变旧，再过一千年，谁又来为它考古？